여름의 재단

NATSU NO SAIDAN by SHIMAMOTO Rio

Copyright © 2015 SHIMAMOTO Rio
All rights reserved.
Original Japanese edition published by Bungeishunju Ltd., in 2015.
Enlarged edition as paperback published by Bungeishunju Ltd., in 2018.
Korean translation rights in Korean reserved by Hainaim Publishing Co., Ltd.,
under the license granted by SHIMAMOTO Rio, Japan arranged with Bungeishunju Ltd.,
Japan through JM Contents Agency Co., Korea.

이 책의 한국어판 저작권은 JMCA를 통해
저작권자와 독점 계약한 (주)해냄출판사에 있습니다.
저작권법에 의하여 한국 내에서 보호를 받는 저작물이므로 무단전재와 복제를 금합니다.

여름의
재단

SHIMAMOTO RIO

시마모토 리오
장편소설

김난주 옮김

차례

일러두기
옮긴이 주는 괄호 안에 '옮긴이'를 함께 넣어 표기하였습니다.

여름의 재단

재단이란.
책을, 자르는 일이다.
싹둑 잘라서, 데이터로 컴퓨터에 저장한 후에는 폐지로 버린다.
그런 일은, 생각할 수도 없었다.
자기 손발이 잘려 나가는 것이나 다름없다.

별다른 대화는 나누지 않았다. 제국 호텔의 뷔페 파티에서 우연히 마주쳤을 때, 시바타 씨는 눈길을 피했다. 와이셔츠 소매 밖으로 하얀 손목이 보여 순간적으로 포크를 집어 들었지만 꽂히지 않았다. 그의 손목 피부는 찢기기는커녕 그저 뻘게졌을 뿐이었다.

시바타 씨가 돌아보자 색소가 엷은 앞머리 사이로 상처 입은 듯 부릅뜬 두 눈이 드러났다. 피해자나 가해자나 똑같다, 하고 멍하니 생각했다. 주위 사람들이 후다닥 달려왔다. 누군가가 조심스레 내 손에서 포크를 빼내고는 파티장 밖으로 데리고 나갔다.

다음 날, 시바타 씨가 다니는 회사의 상사들이 우리 집을 찾아왔다.

"정말 뭐라 드릴 말씀이 없네요, 죄송합니다."

내가 그렇게 말하면서 머리를 숙이자, 늙수그레한 상사들이 점잖게 제지했다.

"우리 회사의 시바타 씨가 중요한 작가인 가야노 씨를 혼란스러운 상황에 빠뜨려, 우리 쪽에도 반성해야 할 점이 있지 않았을까 합니다."

그 말투로, 시바타 씨가 사내에서 어떤 평가를 받고 있는지 알 수 있었다. 아니면 그 자신이 그렇게 말한 것일까.

어느 쪽이든 어른의 과잉보호를 받는 어린애가 된 기분에 더없는 수치심을 느꼈다.

"물론 앞으로 이런 일이 또 일어나서는 큰 문제이겠으나, 시바타 씨도 사태가 확대되는 건 원치 않는다고 하니, 이번 건은 그냥 넘어가시면 안 되겠습니까? 서로의 일에 지장이 생기는 것도 좋지 않고. 시바타 씨와 만나지 않겠다는 약속만 해주시면."

뭐라 반박하고 싶은데 머릿속이 뒤엉켜서 생각이 잘 나지 않는다. 이제 겨우 끝난다는 안도감과 공허함만 가슴에 번졌다.

"시바타 씨는, 달리 무슨 말을 하던가요?"

그들은 잠시 침묵하더니 대답은 않고 말을 이어갔다.

"아무튼 이번 사건은, 시바타 씨도 담당 편집자라는 위치를 잊고 개인적인 만남을 가졌다고 하니."

"그렇지 않아요."

나는 바로 대답했다.

"나는, 시바타 씨와 그런 관계가 아니라고요."

그들은 당황했는지 입을 딱 다물었다.

"아, 그렇습니까? 실례되는 말씀을 드렸군요. 그렇다면 어떻게 하는 게……."

머릿속에서 피가 점점 빠져나갔다. 무슨 말을 하려는데, 입 안이 바짝 말라 거친 숨소리만 흘러나왔다.

무슨 일이 있었는지, 어떤 관계였는지, 오히려 내가 묻고 싶었다.

눈을 꼭 감자, 세찬 빗소리가 들렸다. 폭우가 쏟아지는 밤에 길거리에서 키스했던 기억이 떠올랐다.

구역질이 났다.

몇 달 만에 시바타 씨가 나오는 꿈을 꾸다 깨었다. 블라인드 사이로 저녁 햇살이 비치고 있었다.

몸을 일으키자, 목 뒤에서 정수리로 갑자기 피가 돌아 현기증이 났다. 휴대전화를 집어 들고 작업실에서 나왔다.

냉방이 안 되는 복도는 푹푹 찌고 있다. 걸음을 내디딜 때마다 쩍쩍 들러붙는 감촉이 성가시다.

화장실에 들어가려는데, 휴대전화가 울렸다. 저장되어 있지 않은 번호였다. 저장했다가 오래전에 삭제한 번호가 아니라는 걸 아는데도, 가슴이 벌렁거린다.

살며시 귀에 대자 "나다" 하는 일방적인 말이 흘러나와 당황했다.

"아, 엄마."

"그래, 오랜만이구나. 자고 있었니?"

다른 뜻은 없을 것이다. 그런데도 나무라는 듯한 느낌이 들어 입을 다물었다.

"왜 그래? 지금 통화하기 어려운 거니?"

또 물어서 "아니" 하고 고개를 저었다.

"엄마, 전화번호 바뀌었어?"

"그래. 치근덕거리는 손님이 있어서."

"그랬구나. 요즘도 바빠?"

"바쁘지. 짜증 날 정도로."

엄마는 우쭐거리듯 대답했다.

짜증이 날 정도로 뭐가 그리 바쁜지, 그 얘기를 잠자코 들어주었다. 그러는 동안에도, 뚜벅뚜벅 계단을 내려가는 것처럼 저녁 어둠이 짙어진다.

"그래도 다행이다, 잘 있는 것 같아서. 일하면서 문제가 생겼다고 해서 걱정했어. 아, 그리고 너, SNS 댓글 같은 거 보니? 너무 심하더라. 너에 대해서, 출판계 사람 아니면 모를 말도 잔뜩 쓰여 있었어. 그래서 더 걱정했는데. 하기야 뭐, 자업자득인 부분도 있을지 모르니까."

어처구니가 없었다. 엄마가 할 법한 말이라고 냉정하게 받아들였지만, 심장을 휘저은 것처럼 아팠다.

"엄마는 오늘 뭐해?"

화제를 바꿔 보았다.

"지금, 가마쿠라에 있는데."

잠시 생각하고서 다시 물었다.

"할아버지 집, 뒷정리?"

학자였던 할아버지가 두 달 전에 돌아가셨다.

참 좋은 사람이었다. 만나면 그리 예쁘지도 않은 손녀인 나를 "귀엽다, 예뻐졌다" 하고 늘 칭찬해주었다.

그런데도 눈물은 나오지 않았다.

제국 호텔에서 그 사건이 있었던 직후여서 그런지, 솔직히 장례식 기억조차 모호하다.

"그래. 외할아버지가 앤티크 가구며 항아리며, 꽤 좋은 걸 많이 수집했잖아. 그래도 가장 큰 문제는 장서야. 만 권이 넘어. 기가 막힌다. 게다가 헌책방 사람 불러서 넘기려고 했더니, 가치가 있는 책이든 없는 책이든 다 똑같이 취급하기에, 그냥 돌려보냈어."

엄마가 그렇게 말하는 걸 보니, 견적을 내러 온 아르바이트생에게 대놓고 염치없이 굴면서 쫓아냈을 것이다. 속으로 그 아르바이트생이 딱하다고 생각했다.

"그런데, 좋은 방법이 생각났어."

엄마 목소리에 갑자기 힘이 실려, 나는 움찔했다. 반년 전에 집에 갔을 때, 핫핑크로 색이 변해 있던 거실 벽지가 떠올랐다.

"그 좋은 방법이 뭔지, 물어봐도 돼?"

"자취."

나는 "자취?" 하고 되풀이했다.

"혹시 지금까지 하던 가게를 접고, 집을 리모델링해서 카페라도 시작하겠다는 거야?"

그렇게 묻자, 엄마는 어이가 없다는 듯이 되물었다.

"너 정말 작가 맞니? 그거 말고 책을 자르는 쪽(일본어로 자취(自炊)에는 책이나 잡지를 자르고 스캔해서 디지털 데이터로 변환한다는 뜻이 있다-옮긴이)."

"뭐?"

"너도 직업상 할아버지 장서를 읽고 싶을 때 읽을 수 있는 게 좋잖아. 그래서 정말 좋은 책만 비싼 값에 팔고, 나머지는 전부 데이터로 만들려고 해. 그런데 만 권이나 되

14

잖아? 적어도 한 달 이상은 걸릴 거야. 그러니까 너도 지금 한가하면 와서 좀 도와라."

어둑어둑한 테이블 위로 가라오케의 대형 화면에서 쏟아지는 빛이 비치고 있었다.

다리를 꼬고 앉은 시바타 씨가 물방울로 흐려진 은색 그릇으로 시선을 돌렸다. 그릇에는 하얀 바닐라 아이스크림이 소복하게 담겨 있었다. 좀 떨어진 곳에서도 알 수 있을 만큼 바닐라빈 냄새가 지독하게 풍겼다.

시바타 씨가 지시하듯 턱을 살짝 움직이면서 말했다.

"아이스크림 먹여줘."

나는 동요하면서 은색 스푼과 그릇을 들었다. 대각선으로 마주 앉은 그에게 스푼을 내밀자 얇은 입술이 열렸다.

그 혀에 스푼을 올려놓는 순간, 손이 파르르 떨렸다.

"맛있네."

맛도 없고 싸구려로 보이는데 시바타 씨는 개의치 않았다. 어색한 미소로 답하면서, 왜 나는 웃고 있는 것일까 하고 멍하니 생각했다.

몇 번 스푼으로 떠먹이는 동작을 반복하자, 시바타 씨는 담뱃갑을 집어 들고, 다른 손으로는 내 머리를 쓰다듬었다.

"치히로, 불."

조금은 부드러운 말투다.

"불, 요?"

나는 라이터를 집으면서 물었다.

"붙이라고, 담배에."

시바타 씨가 그렇게 덧붙여, 나는 조심조심 라이터를 담배 끝으로 가져갔다. 담뱃불을 붙여본 적이 없어서, 데이지는 않을까 불안했다. 시바타 씨가 연기를 훅 뿜어내고서야 안도했다.

그가 피우던 담배를 이쪽으로 내밀고 "피울래?" 하고 물었다.

받아 쥐고 나서 한 모금 빨았는데, 감기 기운이 있어서인지 조그만 벌레가 기어 다니는 것처럼 목구멍이 간질간질하고 따끔거렸다. 그런데도 무언가를 허용해준 듯한 기분에 안도했다.

그때 시바타 씨가 어깨를 확 껴안는 바람에 순간 얼어붙었다. 겁에 질려 오그라든 것처럼 심장이 우지직거리자 뇌는 그 반응을 애틋함으로 착각했는지 배 속이 화끈해진다. 길어진 담뱃재가 샌들만 신은 맨발에 떨어져 따끔, 아팠다.

갇힌 채 불길이 피어오르면 뜨겁고 고통스럽다. 나는 시바타 씨를 올려다보면서 애걸했다.

"키스, 해줘요."

그가 흥이 깨졌다는 듯이 팔을 내리면서 고개를 돌렸다. 아차 싶어 핏기가 가셨다. 그러나 그대로 물러날 수는 없어 소맷자락을 잡는 순간, 그가 뒷머리를 움켜잡았다. 무슨 일이 생긴 건지 바로는 몰랐다.

알고 보니, 나는 그의 사타구니 사이에 얼굴을 묻은 채 꼼짝 못하고 있었다.

뒤통수를 꽉 눌린 상태에서 리모컨으로 노래를 고르는 전자음을 정수리로 들었다. 시바타 씨, 움직일 수가 없어요, 하고 목소리를 쥐어짰다. 미안해요, 잘못했어요. 이제 그런 말 안 할게요. 그러나 대답은 없다. 아아, 세상에는 이렇게 사람을 모욕하는 방법도 있구나, 하고 죽을 것 같은 기분으로 생각했다. 이런 장면을 본 적이 있지, 하고도.

좋아서 엉겨 붙는 개나 고양이를 훈련할 때다.

해가 질 무렵에 가마쿠라 역에 도착했다.

역 주변만 환하고 시끌시끌했지, 오가는 사람이 없는 상점가는 한산했다.

캐리어를 끌면서 장을 보고 돌아가는 사람들과 스쳐 지나자, 낯선 곳에 왔다는 흥분감이 끓어올랐다. 편의점에 들어가 맥주를 샀다.

묵직한 비닐 봉투가 팔을 파고들어 피가 통하지 않는 걸 느끼면서 상점가를 지나가는데, 두드려 깨는 듯한 건널목 종소리가 다가왔다. 오거리 옆에 있는 구옥의 옆길을 돌자, 건널목 소리가 더 커졌다.

대형 건물 사이에 긴 어둠 속에 선로가 떠 있고, 빨간 램프가 강렬하게 빛났다. 집과 집 사이의 좁은 길에 가드레일 하나가 설치되어 있고, 그 주위로는 잡초가 뒤죽박죽 자라 있다.

발을 내딛자, 모기가 훌훌 날아올라 몸 주위를 맴돌았다. 롱스커트로 가리고는 있지만, 샌들이라 발등이 그대로 드러나 있다. 오른발을 번쩍 들고 가드레일을 넘어 어둠이 깊어진 골목에 들어서자, 황폐한 공터가 나왔다.

후덥지근한 공기가 고여 있고, 온갖 잡초와 들꽃이 제멋대로 자라 있다. 옆집의 담벼락은 이쪽을 거부하듯 높다. 완전히 격리된 공터에서 밤하늘을 올려다보았더니, 하얀 반달이 떠 있었다.

어렸을 때부터 이 뒤죽박죽인 마당을 좋아했다. 몇 번을 와도, 자신이 지금 어디 있는지 알 수 없어진다.

팔에 건 비닐 봉투가 떨어질 것 같아 얼른 두 팔로 안아 올리자, 맥주는 이미 미적지근했다. 모든 게 인공적으로 느껴지는데, 그 미적지근함만이 현실감을 띠고 있었다.

등 뒤에서 갑자기 나무 문이 열리는 소리가 났다.

"아니, 치히로. 왔어?"

현관 앞의 불빛을 등져 표정을 알 수 없는 엄마가 서 있었다. 서양화 속 천사가 프린트된 티셔츠를 입고, 주름이 아코디언처럼 겹친 긴 치마를 입고 있다. 옷을 입는 센스는 좋다고 할 수 없지만, 얼굴은 여전히 예쁘고 또 강인해 보였다.

"엄마, 오랜만이네."

나는 할 수 없이 그렇게 말했다.

"그러게. 이게 얼마만이지, 설이었나?"

엄마는 긴 치맛자락을 펄럭거리며 몸을 돌렸다.

"아마, 그럴 거야."

나무 문을 지나, 오래되었지만 웅장한 고택으로 들어갔다. 현관에는 검은 샌들만 가지런히 놓여 있었다. 복도를 걸어서 텅 빈 다실로 들어간다.

툇마루에서 지금 막 지나온 마당이 보였다. 돼지 모양 그릇에서 모기향이 모락모락 피어오르고, 정겨운 냄새가 코에 흘러들었다. 불현듯 담배를 피우는 시바타 씨가 떠올라 숨을 죽였다.

"뭐야, 너, 맥주 사 왔어?"

불편함을 느끼면서도 대충 웃어넘겼다. 이렇게 큰 집에 맨 정신으로는 엄마와 단둘이 있기 어렵다.

"뭐가 많이 줄었네."

전에는 벽을 거의 가리다시피 가구가 들어차 있던 실내를 돌아보았다. 텔레비전과 앉은뱅이 상은 그대로 있지만, 전기 열에 누렇게 바랜 벽이 군데군데 드러나 있었다.

"그래, 많이 줄었지. 고물상을 불렀어. 오래된 좌식 테이블이 있었잖니. 다리가 고양이처럼 꼬부라진 거 말이야. 그게 제일 값이 나갔어. 3만 엔쯤 했을걸."

"와, 정말 꽤 나갔네."

"너, 밥은 먹고 왔니?"

"오기 전에 간단히."

"그래? 그럼, 나도 그냥 넘기지 뭐. 아까 주먹밥을 두 개 먹었거든. 맨바닥에 앉으니 엉덩이 아프지? 저 구석에 쌓아놓은 방석, 갖다 써."

나는 고개를 끄덕이고, 보라색 방석 두 장을 툇마루에 늘어놓았다. 네 귀퉁이에 술이 달린 옛날 방석이다.

천장을 올려다보니, 유리 갓 아래로 비치는 빛이 부였다.

"이 집, 부수는 거야?"

"팔리면 바로 철거하지 않겠니? 우리가 관리할 수 있는 것도 아니고. 실은 할아버지가 네가 결혼하면 이 집을 물려주려고 했던 모양이야. 왜 작가들은 모두 가마쿠라에 살잖아, 한 번 정도는."

나는 피식 웃고는 "글쎄" 하고 얼버무렸다.

"엄마, 전철 끊기기 전에 돌아갈 거야."

엄마가 갑자기 그런 말을 해서, 나는 놀라 고개를 들었다.

"뭐?"

"게이코 산책 시켜야지. 신장 약도 먹여야 하고."

엄마가 10년 넘게 키우고 있는 포메라니안의 이름을 말했다.

"그럼, 나더러 왜 오라고 했어?"

난감해서 되묻자, 엄마는 갑자기 당황한 것처럼 "왜는" 하고 뚱하게 말했다.

"설명해주려고. 너, 기계치잖아. 그래서 설명해주려고 했지. 모레 다시 올 거니까, 그때까지 책을 조금이라도 처리하라고 하려고."

"그런 거였어?"

나는 어이가 없어서 그렇게 중얼거렸다.

그러고서는 알아차렸다. 엄마는 나를 어떻게 대하면 좋을지 모른다. 부모로서 걱정은 하지만, 정작 만나면 어째야 좋을지 모르는 것이다.

"그럼, 설명해봐. 어차피 나 한가하니까."

"어, 그래. 잘됐다. 2층에 준비되어 있어."

"엄마가 전부 준비했어?"

"설마, 에이지 씨가 해줬지."

에이지 씨는 엄마가 오래전부터 하고 있는 술집의 단골손님으로 엄마를 연모하고 있다. 하지만 엄마는 투실투실 살이 찐 데다 등도 굽어서 자기 미의식에 맞지 않는지, 그냥 손님이라고 주장하고 있다. 자신에게 어울리지 않는 상대라 여기는 것이다.

"부탁한 것도 아닌데 가마쿠라까지 따라와서, 나도 참 난감해."

말은 그렇게 하지만, 정말 난처할 땐 늘 의지하는 상대다.

엄마를 따라 복도를 걷는데, 저 끝에 나무 문이 있었다. 손잡이를 당기니 덜그럭거리며 문이 열리고 2층으로 올라가는 휑한 계단이 보였다.

좁은 계단을 기어오르듯 올라가자, 천장이 낮은 방이 나왔다. 고풍스러운 페르시아 카펫이 깔려 있고, 일인용 소파가 덜렁 놓여 있다.

거의 모든 벽을 가린 높은 책장에, 단행본에서 문고본, 엄청난 전집까지 온갖 책이 꽉꽉 들어차 있었다. 바닥에 쌓여 있는 책의 양도 어마어마했다.

구석에 처박혀 있는 종이 상자에도 역시 책이 담겨 있었다. 아무튼 미처 다 세지 못할 만큼 책으로 덮여 있어, 숨을 쉬자 종이가 머금고 있는 습기와 먼지 냄새가 났다. 여태껏

용케 바닥이 무너지지 않았군, 하고 새삼스레 감탄했다.

나는 카펫 위에 주저앉아, 눈에 띄는 책의 페이지를 팔락팔락 넘겼다. 바닥에 은색의 넓적한 기계가 놓여 있어서 꼼꼼히 들여다보다 갑자기 소름이 돋았다.

탄탄한 날이 달린 재단기였다. 데스크톱 컴퓨터와 스캐너도 있었다.

나는 벽 앞에 놓인 상자로 시선을 돌렸다. 살금살금 안을 들여다보니 내용물이 책이 아니었다. 책처럼 활자가 인쇄되어 있는 대량의 종이 다발이었다. 책등이 없었다. 책등만 깔끔하게 떨어져나간 것이다.

"이건 재단한 거야?"

"그래, 에이지 씨가. 너도 지금 해볼래?"

"지금?" 주춤거리며 되물었다. "그게, 재단은⋯⋯."

당황한 채로 중얼거리자, 엄마는 이상하다는 표정을 지었다.

"그럼, 오늘은 푹 쉴래?"

"그런 게 아니라, 재단은."

말을 꺼냈다가, 어차피 엄마는 이쪽 사람이 아니라고 실감했다. 재단이라는 말을 듣고 생리적인 혐오감이 조금도 일지 않다니, 나는 믿을 수 없었다.

재단이란.

책을, 자르는 일이다.

싹둑 잘라서, 데이터로 컴퓨터에 저장한 후에는 폐지로 버린다. 그런 일은, 생각할 수도 없었다. 자기 손발이 잘려 나가는 것이나 다름없다.

"아무튼, 모레는 에이지 씨랑 같이 올 거니까, 억지로 애쓸 필요 없어. 하지만 너는 어떤 경험이든 소설에 쓸 수 있잖아. 하는 방법은 저기 종이에 다 써놨어."

나는 엄마의 손가락 끝을 보았다. 자세한 순서가 집요하리만큼 꼼꼼하게 기록된 종이가 몇 장 겹쳐져 있었다. 재단기와 컴퓨터 그림까지 덧붙여 있다.

"그럼 슬슬 가볼게, 문단속 단단히 해. 가스 밸브도 잘 잠그고."

엄마가 하품을 하며 말해서 나는 정신을 차렸다.

알았어, 하고만 작은 소리로 대답했다.

책이 널려 있는 방에 혼자 남겨지자, 아주 잠깐 늘 뭔가에 겁먹고 움츠리고 살았던 어린 시절로 돌아간 듯한 기분이 들었다.

누렇게 바랜 헌책을 들어 펼쳤다.

제목을 보고는 화들짝 놀랐다. 후쿠나가 다케히코의 『꿈꾸는 소년의 낮과 밤』 초판본이었다. 옛날에 이 방에서 제목에 끌려 처음 읽었던 책이다.

색이 바랜 표지에 코를 갖다 댔다. 희미한 곰팡내. 도서관 같다. 냄새를 맡다가, 별 의미 없이 표지에 입맞춤을 했다.

입술에 차가운 종이가 닿자, 순간적으로 고통스러웠다. 딱 한 번의 키스가 1년 반 전 일이라는 게 떠올랐다. 어떤 경험이든 소설에 쓸 수 있잖아. 몇 십 분 전에 엄마가 했던 말이 되살아난다. 그래도 역시.

가능한 일이었다면, 만나고 싶지 않았다.

2년 전, 나는 아는 작가의 수상식에 참석했다.

본인에게 축하의 말을 건네고, 담당 편집자 몇 명과 파티장에서 나와 2차 자리로 옮겨가려 했다.

"가야노 치히로 선생님!"

파티장 출구에서 갑자기 내 이름을 고래고래 부르는 소리가 났다.

돌아보자마자 오른쪽 손목이 잡혀 어리둥절했다.

호리호리한 몸에 회색 양복을 입은, 눈동자 속에 묘한 그림자가 어린 남자가 서 있었다. 팔다리가 길고 여자들이 좋아할 만한 미소를 띠고 있었지만, 온몸을 찌르는 듯한 날 선 인상을 받았다.

난감해하는 나에게, 그가 말했다.

"처음 뵙겠습니다. 후요샤의 시바타라고 합니다. 선생님

글을 꼭 받고 싶어서요. 인사 올리겠습니다.”

　오른 손목 안쪽에서 짓눌린 핏줄이 툭툭 뛰는 게 느껴졌다. 그의 손가락은 가는데도 내 피부를 강하게 압박하고 있었다. 위압적으로 빤히 쳐다보는 눈을 보고서, 이 사람 상당히 취했구나 싶어 겁이 났다. 나중에 물어보니, 출장지에서 돌아오는 길에 바로 들러 와인을 다섯 잔이나 마신 상태였다고 털어놓았다.

　하지만 그걸 감안해도 분위기가 이상했다.

　“실례지만, 정말 후요샤 분인가요?”

　보다 못한 노련한 여자 편집자가 끼어들려고 했다. 시바타 씨는 그녀를 거의 밀쳐내다시피 하면서 다가왔다.

　“이렇게 뵙게 돼서 영광입니다.”

　그러고는 꽉 껴안아, 정말 숨이 턱 막혔다.

　장마철이라 그런지, 옷을 통해 전해지는 뜨거운 체온도 습기를 머금고 있었다. 뼈가 다 우두둑거릴 것처럼 짓눌렀다. 포옹이 아니라 난폭하게 옭아매는 것처럼. 익숙하지 않은 냄새가 나서 ‘수박’ 하고 머리 한구석으로 생각했다. 여름의 시작처럼 싱그럽고 물에 탄 것처럼 달달했다.

　나는 정신을 차리고 그를 밀쳐냈다. 떨어져 나가던 그의 오른손이 조롱하듯 내 가슴을 쓱 만졌다.

　수치심이 끓어올라, 나는 있는 힘껏 그의 뺨을 갈겼다.

손바닥이 닿는 순간, 여리고 부드러운 볼에서 즉물적인 가까움을 느끼고 깜짝 놀랐다.

그때도 시바타 씨는 상처 받은 눈빛이었다. 거절당하다니, 상상도 못 했다는 식으로. 당혹스러워, 죄책감이 짓뭉개진 것처럼 내 가슴에 퍼지는 것을 느꼈다.

그렇게 모욕적인 짓까지 했으면서, 시바타 씨가 정작 에세이를 의뢰한다는 메일을 보낸 것은 무례하게도 한 달이나 지난 어느 저녁이었다.

아무 일도 없었던 것처럼 태연하게 첨부된 의뢰 내용을 읽었을 때의 기분을 지금도 뭐라 설명할 수 없다. 같이 놀던 친구가 휑하니 가버려, 공원에 혼자 남겨진 느낌이었다.

뭐라 답하면 좋을지 몰랐다. 그런데도 나는 알겠다는 뜻의 메일을 보내고 말았다. 다른 원고도 마감 날짜가 머지않았는데.

얇은 이불 속에서 몸을 뒤척였다. 유리창에 비의 그림자가 파르스름하게 어려 있었다. 실내 공기가 눅눅하다.

괘종시계를 보고서 "9시 반" 하고 중얼거리면서 오랜만에 숙면했다는 것을 깨달았다.

비가 내려 그런지 부엌이 어두웠다. 타일 싱크대에서 세수를 하고, 수건으로 닦았다. 식탁 위에 랩을 씌운 주먹밥과 우엉조림 접시가 있었다.

천천히 아침을 먹었다. 수도꼭지에서 물방울이 떨어진다. 어느 집의 양철 지붕을 두드리는 빗소리. 조리대에 덩그러니 놓여 있는 두툼한 도마. 현관도 어두컴컴하다.

짭짤한 우엉조림은 엄마 술집의 안주 맛이었다. 오랜만에 먹어보네, 하고 생각하면서 일어나 냉장고 문을 열었다. 어젯밤에 사다 놓고 손도 대지 않은 맥주가 시원했다.

아직 10시도 안 되었다는 죄책감을 느끼면서도, 앉아서 맥주를 땄다. 희미하게 거품이 일었다.

몇 모금 마시고 유리 갓을 올려다보자, 불쑥 나 자신이 이 집에 어우러진 것처럼 느껴졌다. 소금 간이 된 주먹밥을 한 입 베어 물고는, 또 맥주를 마셨다.

이내 취기가 돌고 기분이 좋아졌다. 의미 없이 두 팔을 위로 쭉 뻗어보았다. 와! 마음속으로 소리를 질렀다. 와! 그리고 식탁 위에 엎드렸다.

식기장 안의 이마리(사가 현과 나가사키 현에서 생산되는 도기의 총칭-옮긴이) 접시와 청자 찻잔을 바라보면서, 오래도록 술을 마시지 않았다는 걸 새삼스레 깨달았다. 취하기가 두려웠다는 것도.

하지만 지금은 오전이고, 비는 내리지만 밖은 환하고, 괴로울 이유는 하나도 없다고 생각하자 안심이 되었다. 밤이었다면 너무 외로워 견딜 수 없었을 것이다. 그러나, 하고 또 사고가 정지된다. 견딜 수 없었다면, 그래서 어떻게 했을까. 그러다, 결국은 견뎌냈을 거라고 생각을 바꿨다.

맥주 두 캔을 비우고 나자, 어중간하던 취기에 힘이 실려 어쩔 줄을 몰랐다.

안 된다는 걸 알면서도, 남은 우엉조림을 한 가닥씩 아껴 먹으며 시바타 씨 앞으로 가공의 메일을 작성했다.

몇 번이나 문장을 손질하고, 메일 주소는 이미 삭제하고 없지만, 거듭 확인하듯 송수신 내력을 다시 살펴보고는 메일을 지웠다. 거품보다 덧없이 사라졌다. 눈을 감았다 뜨자, 글귀도 기억나지 않았다. 그런데도 손가락 끝에서, 시바타 씨가 했던 말과 자신의 동요가 어젯밤 일처럼 되살아나 "와아!" 하고 이번에는 진짜로 소리를 지르고는 자포자기한 기분으로 일어섰다. 또 캔 맥주 하나를 손에 들고 2층으로 올라갈 때, 계단을 헛디뎌 조그만 물방울이 티셔츠에 튀었다.

카펫 위에 앉아, 옆에 있던 책을 한 권 들었다.

어젯밤에 본 『꿈꾸는 소년의 낮과 밤』이어서 망설였다. 책장을 죽 훑다가, 시험 삼아 잘라볼 한 권으로 이와나미 소년문고의 『파랑새』를 골랐다. 무난하다고 혼자 만족하면서, 엄마가 손으로 쓴 설명서를 펼쳤다. 재단기 선을 따라 책을 놓자 긴장감에 등이 뻣뻣해졌다.

커다란 날이 달린 레버를 들어올려 책등에 맞췄다. 그 순간 손이 떨렸다. 상상했던 것보다 큰 저항감을 손바닥으로 느끼면서, 취기에 몸을 맡기고 레버를 꽉 눌렀다.

싹둑, 날이 책을 파고드는 순간, 아랫배에서 본의 아닌 욕정 비슷한 열기가 끓어올랐다. 새끼 고양이나 갓난아이가 너무 귀여워 골려주고 싶을 때 같은 뒤틀린 애정에 온 몸의 피가 들끓었다.

어이없고 황홀하리만큼 깔끔하게 책등이 떨어져나갔다. 조심스럽게 들어보니, 책은 낱낱이 흩어진 종이 다발이 되어 있었다.

컴퓨터를 켜고, 스캔을 시작했다. 엄마는 나를 기계치라고 했지만, 지시한 내용을 이해하지 못할 정도는 아니다. 종이의 기울기나 얼룩이 있을 때의 주의 사항까지 시시콜콜 꼼꼼하게 적혀 있어, 모를 게 하나도 없었다. 에이지 씨의 정감 있는 미소를 떠올리면서 마우스를 클릭했다. 한 번 시작하고 나자 신이 날 정도였지만, 책을 재단했을 때의 흥분감을 넘어서는 정도는 아니었다.

정신없이 몰두하다 보니, 어느새 네 권을 다 재단하고 스캔까지 끝냈다.

종이 다발을 종이 상자에 담았다. 손가락에서 떨어지는

순간, 아쉬워서 한 장을 뽑았다.

"어머니는 적어도 일본인에게는 '용서해주는' 존재이다. 자식의 어떤 배신도, 어떤 비행도 결국은 눈물을 흘리면서 용서해주는 존재이다. 그리고 배신한 자식의 배신보다 그 고통을 함께 아파해주는 존재이다." (『약자의 구원』에서)

이런 까닭에, 일본적인 것은 극복해야 하는 부정적 요소가 아니라, 자신의 인생을 가능케 하며 적극적으로 의지해야 하는 하나의 가치로 재인식되었다고 할 수 있을 것이다. 자신이 일본인이라는 사실의 진정한 의미가 바로 지금 개시된 것이다.

어머니를 배신했다는 아픔을 줄곧 껴안고 살았던 엔도 씨에게, 그런 '어머니라는 존재'의 모습은 필연적으로 유다에게 배신당한 예수와 중첩될 수밖에 없었을 것이다.

거식증에 걸린 아이가 음식을 아주 조금씩 입에 대는 것처럼 신중하게 한 문장 한 문장을 음미했다.

그렇다면, 나에겐 하느님이 없는 셈이다. 그래서 이렇게 위약한 것일까.

겨우 한 페이지를 읽고서, 침잠하는 사고에 오랜만에 피로를 느꼈다. 취기가 돈 몸을 카펫에 누이고, 눈을 감았다.

내일은 엄마가 돌아온다, 하고 중얼거렸다. 내일은 엄마와 에이지 씨가 온다. 그게 반가운 일인지 성가신 일인지, 분명하지 않았다. 다만 내일은 술을 마시지 않아도 된다는 생각에 안도했다.

다음 날 오전 중에 온다던 엄마한테서 오후 2시가 넘어서야 가마쿠라 역에 도착했다는 문자가 도착했을 때, 나는 부엌에서 늦은 점심을 만들고 있었다.

숙주와 돼지고기를 볶아 고명으로 올린 삿포로 이치방 된장 라면 냄비를 가스레인지에서 내려, 사발에 옮겨 담으려는 순간 인터폰이 울렸다. 잠깐 생각하다가 현관을 잠그지 않았다는 걸 떠올렸다. 면을 후루룩거리자, 뭐가 부서지는 듯한 소리가 나면서 문이 열렸다.

"안에 아무도 없니?"

나는 점심 먹는 중이야, 하고 느긋한 목소리로 대답했다.

엄마 목소리가 났는데, 부엌에는 에이지 씨 혼자 들어왔다. 헐렁한 검은 티셔츠를 걸치고, 하얀 수건을 머리에 감고 있다. 이삿짐 센터 사람 같다고 생각했다. 양손에 비닐 주머니를 잔뜩 들고 있고, 그 안에 수박 줄무늬가 비쳐 보였다.

"치히로가 와 있다고 해서 맛있는 거 많이 사 왔어. 더위 먹으면 안 되잖아. 와, 냄새가 좋은데. 인스턴트 라면이 여러 가지가 있지만, 그래도 삿포로 이치방이 의외로 맛있다니까. 괜히 이것저것 넣지 않은 소박한 맛이라서 말이야."

"네. 오랜만이네요."

나는 가볍게 웃으면서 대답했다.

에이지 씨는 돌아서서 냉장고에 식료품을 넣기 시작했다. 나이를 먹으면서 살이 쪘다. 등에도 살이 붙은 탓인지, 굽은 등이 옛날만큼은 눈에 띄지 않았다.

"뭐야, 너 집에 있었어. 없는 줄 알았는데."

엄마가 들어오면서 투덜거렸다.

라면 끓이고 있었으니까 그렇지, 하고 대꾸하면서 나는 왠지 모르게 서둘러 후루룩 면을 삼켰다.

"휴, 덥다. 전통 가옥은 시원하다는데, 밖에서 들어오니까 그래도 땀이 계속 흐르네. 에어컨 좀 켜줄래?"

라면 사발이 비자 나도 땀범벅이었다. 알았어, 하고 대답했다.

에이지 씨가 수박을 잘라서 가져왔다. 갈색 접시에 수북하게 담겨 있다. 엷고 싱그러운 빨강, 여름 색이라고 생각했다.

"치히로, 어렸을 때부터 수박 좋아했지?"

에이지 씨의 질문에 나는 고개를 끄덕였다. 나는 이 사람이 옛날부터 싫지 않았다.

살금살금 깨물자 입 안에서 아삭아삭 소리가 울렸다. 목이 말라서 그런지 무척이나 맛있다. 촉촉하고 달콤한 향을 삼켰다. 진짜 수박은 시바타 씨 냄새와 전혀 달랐다. 하얀 속살이 보일 때까지 싹싹 갉아먹고 나자, 배가 불렀다.

자리에서 일어나 엄마에게 말했다.

"나, 뭐 좀 사러 나갔다 올게."

"뭘 사는데?"

"샴푸가 떨어졌어."

나는 지갑을 토트백에 던져 넣고, 엄마의 대답을 기다리지 않은 채 밖으로 나갔다.

큰길로 나서자마자, 성가실 정도로 쨍쨍한 햇살과 단체 관광객과 마주쳤다. 무수한 차들이 오가는 엔진 소리와, 건널목의 소음. 팔다리를 드러내놓은 화려한 10대 소년 소녀들이 와글거리고 있다. 눈앞에서 빛과 인간이 얽혔다가 풀린다. 어질어질해서 고개를 숙이고 걸었다.

오늘 자신이, 어떤 옷을 입고 있으며 머리 스타일은 또 어떤지 전혀 신경 쓰지 않았다는 걸 깨달았다.

어깨까지 내려오는 머리를 살며시 쓸어 올렸다. 원피스는 하얀 마. 팔뚝을 만지면서 '내가 이 파란 반소매 카디건을 언제 걸쳤지' 하고 생각했다. 엄마와 에이지 씨가 오기 전에 마시고 만 맥주도 떠올렸다. 깜박 잊고 눈썹을 그리지 않은 것이 후회스러웠지만, 이내 상관없어졌다.

큰길가에 있는 드러그스토어에서 샴푸와 화장수와 화장솜을 바구니에 담고 있는데, 문자가 왔다. 순간적으로 이름을 봤다. 기대에는 어긋났지만, 무시하고 지낼 수 있는 상대가 아니어서 살짝 반갑기도 했다. 원하는 사람이 하나 있다는 것에 조금은 안도하는 자신을 귀찮아하면서 답장을 보냈는데 그에게서 바로 회신이 왔다.

낮술 아닌, 오전 술. 가마쿠라라 좋겠다. 폐가 되지 않는다면 다음에 놀러 가고 싶은데.

취한 김에 언제든 좋다고 회신을 보낼 뻔했지만, 겨우 손가락을 멈췄다.

이노마타 씨가 와인이 든 쇼핑백을 들고 그 커다란 집에 나타나 단둘이 있는 상상을 했더니 기분이 복잡해졌다. 처음 몇 시간은 재미있어도 그러다 언제 갈 거지, 하고 생각할 게 뻔했다.

일러스트레이터인 이노마타 씨와는 일 때문에 알게 되었다. 뒤풀이 자리에서, 오래전부터 가야노 씨 팬이었다고 공언하기에 빈말인 줄 알았는데, 그 후에도 만날 때마다 거침없이 좋아한다, 귀엽다, 엄청 좋아한다고 떠들어대곤

했다. 그런데도 나로서는 그의 깊이 없는 분위기가 어쩐지 와닿지 않아, 기분 내키면 어쩌다 만나는 어정쩡한 관계가 되고 말았다.

결국 결정을 내리지 못하고, 다음 주 이후에 시간이 맞으면, 이라는 불투명한 답을 보냈다.

밤이 되자 엄마와 에이지 씨는 채소볶음과 쌀국수를 만들어 깨끗하게 먹어 치운 후 후다다닥 뒷정리를 하고는 돌아갔다.

배가 무거워서 방바닥에 누웠다. 눈앞에 황량한 마당만 보였다. 어차피 또 자랄 건데, 가을 돼서 마르면 손질하지 뭐. 엄마는 그렇게 말했다. 바람이 조금 세게 불어와 유리창이 덜그럭거리는 소리에 일어났다.

식탁 위에 노트북을 펼쳤다. 쓰다 만 원고를 다시 쓰려는 순간, 사고가 1밀리미터도 움직이지 않았다.

모든 것이 망막했다. 마치 이노마타 씨가 표지 장정을 위해 그려준 그림처럼. 수국도 기린도 식빵도, 모두 경계선이 모호하게 번진 수채화였다.

그는 그런대로 잘나가는 일러스트레이터지만, 나는 솔직히 그런 그림을 이해할 수 없었다. 분명한 구분이 있고, 명확한 형태가 있는 게 좋다. 폭력적일 정도로 강력하게.

그래서, 그때.

노트북을 닫았다.

아직 온기가 남아 있는 노트북에 볼을 대고 벽을 쳐다보았다. 괘종시계가 댕댕댕댕, 여덟 번 울렸다.

1년 반 전 겨울, 시사회 건물에서 나왔을 때 긴자 거리는 완전히 어둠에 싸여 있었다. 나는 걸음을 멈추고 코트 단추를 잠갔다.

뒤에서 내 옆을 스치고 앞질러 가는 사람이 있었다. 그 옆얼굴에 나도 모르게 "아!" 하는 소리가 나왔다.

시바타 씨는 고개를 돌리고, 겨우 두 번째 보는데 늘 보는 사람인 것처럼 웃으며 말을 걸었다.

"오, 가야노 씨도 시사회 봤어요?"

문득 그가 아직 젊고, 머리와 피부의 색소가 엷다는 것, 웃을 때면 유난히 정감 있는 인상이라는 걸 깨달았다. 깔끔하고 엷은 회색 더플코트에 마음을 빼앗겼다.

"가야노 씨, 영화 어땠어요? 솔직히 난, 영 재미없던데."

아직 건물에서 사람들이 나오고 있는데, 아랑곳하지 않고 그런 말을 내뱉었다.

"나도 별 재미없었어요."

엉겁결에 그렇게 대답했다. 시바타 씨는 흥미롭다는 듯이 씩 웃었다.

"아 참, 에세이 원고를 써주셔서 고맙습니다. 메일만 주고받아서 고맙다는 인사를 제대로 하고 싶었는데, 마침 잘 만났습니다."

"아니요, 저야말로."

나는 그렇게 말하면서 머리를 숙였다. 처음 만났을 때 갑자기 껴안지를 않나, 가슴까지 만졌다는 사실이 무슨 착각만 같고, 혹시 내가 뺨을 갈긴 것도 중대한 실수고 실례가 아니었을까 싶어 불안해졌을 때, 그가 입을 열었다.

"그런데 가야노 씨 글이 정말 멋지더군요. 저, 감동했습니다. 작가인 요시나가 씨나 미즈노 씨와 작풍이 비슷하다는 말을 많이 들었겠지만 가야노 씨 글이 훨씬 좋습니다. 뭐 내가 그쪽 담당 편집자가 아니라서 할 수 있는 말이고, 이런 말 들어봐야 난감할 테지만요."

정말 난감해서 아무 대꾸도 하지 않았다. 고맙기도 했지만, 동시에 독이 담긴 말이라는 생각에 나는 신중하게 감사를 표했다.

"가야노 씨, 어떻게 할래요? 집에 갈 겁니까?"

시바타 씨가 횡단보도를 건너면서 물었다.

나는 당황해서, 별다른 일정이 없다고 대답했다.

"그렇군요."

무슨 말이 이어질 줄 알았는데, 그렇게 대꾸하고는 끝이었다. 어색한 침묵이 흐르다가, 시바타 씨가 앞서 걸어가버렸다. 불쑥 혼란 같은 흥분감이 끓어올라 그를 불러 세웠다.

"네."

시바타 씨가 아주 당연하다는 듯 돌아보았다.

"저…… 회사로 돌아가는 건가요?"

"아닙니다. 어제 교정 작업이 끝나서, 오늘은 아무 일정이 없어요. 그래서 어떻게 할까 하는 중이었습니다."

"그렇군요……. 시간 있으면, 한잔하지 않을래요?"

뺨을 갈겨서 미안했다고 사과해야 한다는 생각과, 뭔지 알 수 없는 일이 일어나지 않을까 하는 예감이 밀려와 그런 말이 나오고 말았다.

"좋죠."

시바타 씨가 조금 큰 목소리로 바로 대답했다.

"가시죠. 그런데 정말 타이밍이 좋네요. 가야노 씨도 물론 바쁘겠지만, 지금 부서로 옮긴 후로 통 한가한 틈이 없었거든요."

"그렇군요. 그럼 잘됐네요."

"하고 싶은 일이 많아서 그런 것도 있지만요. 타성이나 익숙함을 떠나서 작가와 정말 좋은 작품을 만들려면, 일의 틀에만 묶여 있으면 시간이 모자라잖아요."

"그런, 가요?"

의외라고 느끼면서, 몇 년이나 같이 일한 파트너 같다는 착각을 품기 시작했다. 거리에 일루미네이션이 반짝거려, 까닭 없이 기분까지 밝아졌다. 어디로 갈지 의견을 나누지 않은 채 유라쿠초 고가도로 밑으로 이동했다.

어디든 사람이 많아, 서서 마시는 맥줏집으로 들어갔다.

카운터에서 맥주를 받아들고, 구석에 있는 테이블로 다가가 사람들 틈에 끼어서 섰다.

그가 코트를 벗었다. 안에 입고 있는 스웨터는 눈이 번쩍 뜨일 만큼 시원한 파란색이었다. 유난히 잘 어울려, 또 조금 인상이 흔들렸다.

"괜찮아요? 비좁은 거 아닙니까?"

괜찮다고 대답하고, 건배를 했다. 긴장하고 있어서인지 술이 빠르게 넘어갔다. 닭튀김만 있어도 충분한데, 시바타 씨는 버섯 소테와 감자칩을 추가로 주문했다.

닭튀김이 뼈만 남았을 무렵에는 배가 불렀다.

"가야노 씨, 의외로 잘 먹네요. 말랐는데."

시바타 씨가 감탄스럽다는 듯 말하는 바람에, 나는 또 감자칩을 오물거리면서 고개를 끄덕였다.

"그렇네요."

시바타 씨는 주문만 했지, 안주에는 거의 손을 대지 않았다.

술기운이 돌아 시야가 점점 뿌예졌다. 가게 안의 시끄러움이 귀에 거슬리고, 떠벌리는 듯한 영어에 지워져 서로의 목소리가 좀처럼 들리지 않았다. 그래서 시바타 씨와의 거리도 점차 좁혀졌다.

놀리듯 하는 두세 마디 말을 피식 웃으면서 흘려듣고는 이런 감상을 말했다.

"시바타 씨는 여자에게 익숙한 모양이네요."

그는 부정하지 않았다.

"아, 뭐, 나름. 그래도 스토커처럼 쫓아다니고, 그런 건 좀 골치 아프죠."

"어머, 별일 없었어요?"

"정말 엄청났어요. 집으로도 몇 번이나 협박 전화를 걸어대서, 결국에는 전화를 녹음해서 경찰에 신고했습니다."

"좀 심각했네요."

"네, 마지막에는 대화로 끝냈어요. 하지만 나도 좀 경박하기는 했죠."

시바타 씨가 진지한 표정으로 그런 말을 해서, 나는 화들짝 놀라 "네?" 하고 물었다.

"가야노 씨, 무슨 고민 있는 거죠?"

나는 잠시 생각하다가 "네" 하면서 고개를 끄덕였다.

"역시. 아까 내가 원고 고마웠다고 했을 때도, 왠지 좀 시큰둥한 얼굴이었거든요."

잠시 머뭇거리다 아무에게도 하지 않은 말을 털어놓았다.

"정열이, 없어요."

"일에 대한 정열이 없다는 뜻인가요?"

"네. 내가 쓴 글이, 읽어주기를 바라는 상대에게 읽히고 있다는 실감이 없어요."

"가야노 씨는 독자가 많잖아요."

"1년 전에 쓴 글이 끝이에요. 상해 사건을 일으키고 계속 도망 다니는 아이들 얘기인데."

"아, 무슨 상 후보에도 올랐죠. 그 작품은 상을 받을 만하다고 생각했는데, 정말입니다."

시바타 씨는 기억났다는 듯이 고개를 끄덕이며 말했다.

"네. 그런데 일부 어른들이 칭찬을 하거나 비평했을 뿐. 정작 내가 읽어주길 바라는 사람들은 읽지 않았다는 걸 알았어요."

"읽어주길 바라는 상대?"

"네."

나는 고개를 끄덕인 후, 안이하다고 여겨질까 봐 불안해하면서 대답했다.

"줄곧 아동 문제를 다루고 싶었어요."

시바타 씨는 "호오" 하고 오히려 관심이 쏠린 것처럼 진지한 표정으로 맞장구를 쳤다.

"전공이 심리학이어서 임상 심리사가 되고 싶었거든요. 그런데 졸업하자마자 작가가 되는 바람에, 임상 경험이 거의 없어요."

"양쪽을 병행하려는 생각은 없었나요?"

"생각해봤죠. 그런데 본격적인 상담은 한 시간에 만 엔이나 받아요. 정신적으로 힘든 일이라서, 그 정도 받아야 한다는 건 알지만…… 정말 학대 때문에 사람이 죽는 가정에서는, 그렇게 큰돈을 지불할 수 없잖아요. 차라리 소설은 양산할 수 있으니까, 그런 사람들 손에도 전해지지 않을까 했는데. 그런데 그것도 어렵더라고요."

숨겨왔던 속내를 술술 얘기하고 있는 데 기묘함을 느꼈다. 눈앞에 있는 남자가 그런 이상론과는 거리가 멀다는 게 분명한데도.

"그래도 소설이 아니고는 불가능한 일도 있잖아요."

"네, 그렇겠죠. 그냥 저한테 그런 부분이 부족한지도 모르고요."

그는 잠시 말이 없다가 "아아" 하고 맞장구를 쳤다.

"부족한지 어떤지는 모르겠지만, 가야노 씨는 자신의 생각을 아무에게도 알리고 싶어 하지 않는 구석이 있잖아요."

불쑥 정곡을 찔러, 당황했다.

"그걸 어떻게 아는데요?"

"알죠. 그러니까 씁시다, 우리 출판사에서. 그렇지 않은 소설을."

턱을 괸 채로 제안해서, 나는 애매하게 고개를 끄덕였다.

"아아, 그렇구나. 그런 고민을 하던 타이밍이라서, 나를 불러 세웠군요."

그 말을 듣고서야 본론이 떠올랐다.

"저, 파티에서 처음 만난 날 뺨을 때려서 미안했어요."

그렇게 사과하자, 시바타 씨는 까맣게 잊고 있었던 것처럼 중얼거렸다.

"아아…… 가야노 씨가 사과할 일이 아니죠."

"그런, 가요?"

"나도 사과하지 않지만요. 나쁜 짓을 했다고 생각지 않으니까."

황당해서 "뭐, 그렇죠" 하고 대답하고 말았다.

"가야노 씨, 정말 순진하네요. 인기 많죠?"

"아니요. 별로 없어요."

"그런데 말이죠. 그 파티 때, 옆에 있던 젊은 남자는 담당 편집자인가요? 얌전하게 생긴."

시바타 씨는 기억났다는 듯이 그렇게 묻고는, 맥주잔을 들고 꿀꺽꿀꺽 들이켰다. 그러고는 이내 "내가 사 오죠" 하고 말했다.

"가야노 씨는, 뭐가 좋죠?"

"아, 나는 호가든으로."

부탁하면서 다리가 휘청거리는 것을 느꼈다. 하얀 캐시미어 스웨터에 싸인 상반신이 햇볕에 탄 직후처럼 화끈거렸다.

시바타 씨가 맥주잔 두 개를 테이블에 내려놓았다. 양쪽 다 호가든 생맥주였다.

"아, 흠. 무슨 말을 했더라. 아, 그렇지. 그 남자 편집자."

"그 사람은 저번 담당자예요. 우연히 마주쳐서, 같이 이동하는 중이었어요."

시바타 씨가 테이블에 턱을 괴었다.

그러면 턱이 들쳐질 텐데. 자연스럽게 내려다보인다.

"그런데 가야노 씨, 그 담당자 좋아하죠? 아니, 사귀고 있죠?"

갑자기 이명이 울리는 것처럼 멍해지고 말았다. 그리고 혼란스러움이 스멀스멀 밀려왔다. 침을 삼키자, 목구멍 속에 튀김의 향신료가 남아 있어 따끔거렸다.

"왜 그렇게 생각하는 거죠?"

"그 사람이 가야노 씨에게 괜찮으냐고 걱정스럽게 물었더니, 가야노 씨가 몸 둘 바를 모르면서 시끄럽게 해서 죄송하다고 하고 머리를 숙였잖아요. 왜 그 사람에게 사과하는 걸까, 그래서 사귀나 보다 생각했죠. 그러니까 그 사람이 보는 앞에서 미안한 짓을 한 거구나 하고요."

"아니에요. 사귀지 않아요."

"그래도 한 번은 했겠죠?"

"아니에요. 정말, 내가 일방적으로 좋아했을 뿐이지."

말로 하고 나자 마치 초등학생처럼 부끄러워지고 말았다.

"호오, 그쪽은 압니까? 가야노 씨가 그 말을 했다면 상황이 달라졌을 텐데."

"아니요, 알아요. 말한 적이 있으니까. 아주 착실한 사람이에요. 정중하게 거절하더군요. 그런 부분을 보면, 역시 신뢰할 수 있는 사람인데, 다만."

"다만?"

시바타 씨가 진지하게 되물었다.

나는 불현듯 깨달았다. 눈앞에 있는 남자가 천방지축인 것 같으면서, 실은 얘기를 잘 들어주는 사람이라는 걸.

술김에 말은 꺼냈지만, 처음 털어놓는 내용이라 목덜미가 뻣뻣해졌다. 오른손에 맥주잔을 든 채 몸은 얼어붙어 있는데, 입이 열렸다.

"나 자신이 무서웠어요. 사람을 좋아하게 되면 거리감이나 호의를 제대로 분별하지 못하기도 해서. 그래서 지금까지 일하는 사람과는 일만 해왔는데, 너무 믿음이 가고 착실한 사람이라서. 딱히 뭘 어떻게 한 건 없어요. 도중에 그쪽이 일에 쫓긴 나머지 몸이 상한 적도 있고, 가령 일 때문이기는 하지만 무리하게 붙들고 있다는 기분이 들어서, 그래서 자신이 혐오스럽더라고요."

끝까지 할 수 없는 말을 가로막듯이, 시바타 씨가 입을 열었다.

"나는 적어도 싫으면 안 나타납니다. 그러니까, 걱정 말아요."

그리고 한마디 더, 힘주어 단언했다.

나는 얼이 빠진 것처럼 그의 얼굴을 쳐다보았다.

"왜 그래요?"

"그 말, 정말이에요?"

시바타 씨는 정말이라고 바로 대답했다.

"고맙, 습니다."

"그런 말을 들어야 할 일은 아닌데."

그런 게 아니라, 하고 나는 힘겹게 입을 열었다.

"그냥, 기뻐서."

다시 한 번 고맙습니다, 하고 말하려는데 시바타 씨가 팔을 잡고 끌어안았다. 처음 만났던 순간의 폭력적인 눈부심에 포박당해, 멍하니 있는 사이에 키스를 당하고 말았다.

소음과 취기와 부연 조명이 모두 뇌 속에서 뒤죽박죽 섞이고, 예상외로 섬세하고 부드러운 키스의 감촉만 선명하게 각인되었다. 얼굴이 떠난 후에도 나는 말을 잃고 있었다.

시바타 씨가 조그맣게 웃으면서 말했다.

"가야노 씨, 의외로 섹시하네요."

놀리듯 뱉는 말에, 나는 타인의 손이 내장으로 쑥 들어온 것처럼 동요했다.

아무 대꾸도 못 하고 있자, 시바타 씨가 "이제 2차를 갈까요" 하고는 대답도 듣지 않은 채 가방을 들고 가게에서 나가버렸다. 그와 함께 한두 군데 들렀지만 빈자리가 없었고, 도중에 비가 내려서 결국 그 옆에 있는 가라오케에 들어갔다. 둘 다 비틀거리며 계단을 내려가 독실로 들어갔다.

몇 곡을 노래한 후, 어둠 속에서 그가 끌어안았다. 왕왕 울리는 선율이 멀어질 정도로 몽롱한 키스를 계속했다. 뇌는 이상한 흥분감과 혼란으로 녹아내리고, 시야는 부옇게 흐려져갔다.

"……시바타 씨."

"응?"

"저, 키스 마크 생기겠어요."

"괜찮아. 뭐, 어때."

그는 나를 똑바로 쳐다보며 물었다.

"나랑 하고 싶어?"

몇 초 동안 대답을 하지 않다가 "네" 하면서 고개를 끄덕이자, 마치 강아지 머리를 만지듯 내 머리를 쓰다듬었다. 과음한 목에 마지막 쐐기를 박듯이 하이볼의 알코올과 적당한 노랫소리가 스치고 지나갔다.

"이제 그만 갈까."

새벽 2시가 되자 시바타 씨가 말했다. 나도 정신을 차리고 "그래요" 하고 대꾸했다.

카디건을 걸치고 핸드백을 드는데, 테이블 위로 손을 뻗는 그의 모습이 시야에 들어왔다. 그 손가락이 스마트폰의 화면을 눌렀다.

엇, 하고 소리를 지를 뻔했다. 화면상에서 카운트되던 숫자가 정지했다. 나의 뇌도 정지했다. 순간적으로 세계가 반전했다. 녹음 기능. 속으로 중얼거리고 있는데, 시바타 씨가 먼저 문을 열고 나갔다.

계산을 치르고 계단을 올라가는 뒷모습에 대고 말을 던졌다.

"왜…… 녹음을 한 거지?"

대답은 없다.

"혹시, 나를 믿지 않는 건가요?"

역시 대답은 없다.

뒤쫓아간 순간, 빛이 사라진 거리가 흔들렸다.

그가 내 손을 잡고 우산 속으로 끌어당겨 또 키스를 했다. 사고가 무지막지한 속도로 요동친다. 격한 혼란이 밀려와 셔터를 내리듯 현실을 튕겨냈다. 증거. 아주 가는 틈새를 비집고 기어나오듯 말이 의식으로 부상했다. 그럴, 리가. 신경 쓸 일은 아닐 것이다.

어둠은 비에 젖어 한층 짙어졌다. 우산 너머로 빗소리가 들렸다.

한낮의 해변에는 사람이 너무 많아, 달이 뜬 후에 산책하기로 했다.

바다로 가는 큰길은 9시가 넘으면 오가는 사람이 거의 없어서, 산기슭의 터널이 나오면 때로 오금이 저렸다. 감정을 죽이고, 그림자조차 없는 어둠 속을 계속 걸었다.

등 뒤에서 트럭이 다가와 어깨를 떨며 돌아보자, 배기가스 섞인 바람에 머리카락이 흩날렸다. 하지만 이내 정적이 돌아온다. 밤하늘이 드넓게 펼쳐지고, 달빛 아래 수평선이 보이면 안도했다.

국도변에는 통행량도 많고, 해변의 레스토랑에서 나오는 사람도 있었다. 밤하늘을 올려다보자, 이리저리 흩어진 구름의 윤곽이 무척이나 짙었다.

빨려 들어갈 듯한 모래 위를 걷자 샌들이 가라앉는다. 발가락 사이로 가칠가칠한 감각을 느꼈다. 파도는 자잘한 거품을 일으키며 밀려왔다가 밤 속으로 돌아갔다.

멀거니 서서, 바라보고 있었다. 겨우 끝났다는 실감은, 역시 없었다. 애당초 아무것도 시작되지 않았기 때문이 아닐까. 그토록 힘겹게 견딘 끝에, 손에 남은 것은 사람의 피부가 의외로 단단하다는 감촉뿐.

파카 주머니에서 두 번 접은 종이를 꺼냈다. 대충 접은 탓에 네 모서리가 가지런하지 않았다.

달빛은 밝았지만, 조그만 문고본 글자를 읽기는 의외로 어려웠다. 안간힘을 써서 더듬어 내려가며, 왜 이런 걸 읽고 있을까 하고 생각했다. 오늘 재단한 책 중 한 권이었다.

주부가 바다에서 수영을 하는데 수영복이 아랫도리만 벗겨져 어쩔 수 없이 수영을 계속했다는 얘기다. 바다에 관한 단편이라서 해변에서 읽어보려고 했을 뿐이지만, 대체 뭘 어쩌자고 이런 내용으로 단편을 쓴 것일까 싶어 고개가 갸웃거려졌다.

마치 저지르지도 않은 죄로 벌을 받고 있는 것 같다. 저지르지도 않은, 과연 그럴까? 그러나 어쩌면 해수욕 따위는 별문제가 아니다. 혼자 수영을 하고 싶은 기분에 신이 나서 고른 비키니를 입은 자신의 육체에 들떴던 것이, 애당초, 아주 오래전에 이미 도주가 시작되었다는 증거일지도 모른다.

나는 읽다가 말고, 페이지를 다시 접어 주머니에 넣었다.

발밑을 내려다보니, 예쁜 조개껍데기가 있었다. 주워 들어 꼼꼼히 살펴보다, 검고 조그만 생채기가 나 있어 모래 위에 버렸다.

수영복 하나 때문에 죄를 연상해야 하다니 참 자유롭지 못한 존재라고 생각하면서도, 나 또한 수영복 하나 때문에 죽고 싶을 정도로 궁지에 몰렸던 건지도 모른다, 하고 눈을 깜박거렸다.

그리고, 그런 식으로 이내 관련지어 간단히 결론을 내리는 것이 나의 재미없는 부분이라고 생각했다. 재미없다. 그것은 시바타 씨가 갑자기 돌아가자는 말을 꺼냈을 때 항상 머리에 스쳤던 말이었다.

시바타 씨, 내가 재미없나요. 아니면 재미없고 귀엽지 않았나요. 아니면 재미없고 귀엽지 않고 우둔했나요. 우둔, 에서 그만 목소리가 되어 입 밖으로 나오고 말았다. 하지만 대답은 어디에서도 들려오지 않는다. 어두운 파도가 하염없이 자잘한 거품을 일으킬 뿐이었다.

아침부터, 책을 계속 잘랐다.

선풍기는 틀지 않았다. 캐미솔과 짧은 바지 차림으로 재단기 레버를 계속해 눌렀더니, 이내 땀이 뻘뻘 흘러 종이에도 땀방울이 떨어졌다. 손가락으로 얼른 닦았지만 이미 배어서 짙은 얼룩이 남았다.

데이터로 저장한 종이 다발을 종이 상자에 와르르 담았다. 책이 이제 더는 책이 아닌 상황에 조금씩 익숙해져가고 있었다. 그런데도 재단기 레버를 들어올려, 싹둑 자를 때는 내장이 울렸다. 조금은 자해 같다고 생각했다.

샤워를 한 다음 창문을 닫고 에어컨을 켜고는, 종이가 여기저기 널려 있는 카펫에 앉았다. 낡은 털이 맨발에 콕콕 찔리는 감촉이 불쾌했다. 벽 거울에 비친, 나름 굴곡이 있는 젖가슴과 두 팔이 지금은 뭐 때문에 있는지 알 수 없었다. 다리를 뻗자, 새끼발가락이 다카미 준이 수록된 일본문학 전집의 모서리에 닿아 조금 빨개졌다.

인터폰이 울려, 나는 파카만 걸치고 계단을 내려갔다.

우편물이 왔나 하고 문을 열었더니, 이노마타 씨가 서 있었다.

"어, 어떻게."

어리둥절해서 말이 그렇게 나왔다. 약간 색다른 무늬의 셔츠. 감색 치노 바지, 새카만 머리칼. 인상이 어중간하게 젊다.

새침스럽게도 우둔하게도 보이는 미소를 머금고 "오랜만이야" 하면서 화이트 와인이 담긴 쇼핑백을 내밀었다.

"이 동네 화랑에서 개인전을 연 일이 있어서 오랜만에 인사도 할 겸 와볼까 싶었지. 그러니까 딱히 스토커는 아니야."

그렇게 말하니, 아무 연락 없이 들이닥친 느낌이 오히려 강해졌다.

"그랬구나."

나지막이 중얼거리고, 한 발을 뒤로 물렀다. 어차피, 거부하지 못한다.

"용케 잘 찾아왔네."

뒤돌아서 복도를 걸어가자, 이노마타 씨는 발소리를 내지 않고 따라오면서 설명했다.

"어디 있는지 대충은 들었으니까. 그리고 가드레일이 큰 힌트였어. 문패도 아직 달려 있었고."

"으응."

이번에는 분명하게 대답했다.

에어컨을 켜놓은 2층으로 안내하자, 이노마타 씨는 생각했던 것보다 훨씬 좋아했다.

"우아, 책이 어마어마하네. 게다가 이 집, 진짜 멋지다. 여름 내내 이런 방에서 유화 같은 거만 그리며 지낼 수 있다면 얼마나 행복할까."

내내, 라는 단어에 움찔하면서도, 자른 오이와 토마토에 된장 마요네즈를 곁들인 접시를 들고 와 사이드 테이블에 올려놓았다.

이노마타 씨는 캔 맥주를 따서 유리잔에 조심스레 세 번을 따르고는 맛나게 마셨다. 음식을 대하는 그의 정중한 태도를 좋아한다. 시바타 씨는 뭘 하든 거칠었다. 하지만 카펫에 무릎을 꿇고 앉은 모습은 생리적으로 거부감이 느껴져, 서둘러 맥주를 마셨다. 취하면 된다고 생각하면서.

"유화도 그렸던가?"

그렇게 묻자, 이노마타 씨가 고개를 끄덕였다.

"미대 다닐 때는 그렸는데, 재능이 없어서 그만뒀어. 물론 어떻게 그리느냐에 따라 달라지겠지만, 내 그림의 그 엷고 맑은 느낌을 내려면 솜씨가 어지간하지 않고는 어렵거든."

"그건, 알 것 같아."

고개를 끄덕이면서 오이를 깨물었는데, 앞니 사이에 살짝 끼었다. 이노마타 씨가 시선을 돌린 틈에 얼른 혀끝으로 밀어 뺐다. 자신의 그 동작으로 그와 자게 될 것이라고 깨달았다.

"왜 그렇게 얇게 입고 있어?"

이노마타 씨는 역시 기쁜 듯이 물었다.

"책을 자르고 있어서."

맥주잔에 닿아 싸늘해진 손가락으로, 살며시 쇄골을 쓰다듬는다. 나는 눈을 약간 내리깔았다.

"좀 탄 건가?"

"응…… 그랬을지도 모르지."

"보여줘봐."

그가 캐미솔의 어깨끈을 옆으로 밀어내리는데, 취기까지 올라 거부할 수 없었다.

이노마타 씨 하고 부르자, 그가 이쪽을 내려다보았다. 수수한 생김과는 대조적으로 두툼한 입술. 눈이 욕망의 빛을 띠고 있다. 양다리 사이로 무릎이 밀고 들어와 아, 하고 작은 소리가 흘러나왔다.

"슌이라고 불러도 되는데."

부끄러워서 그렇다며 고개를 저었지만, 사실은 슌이라는 이름을 싫어한다. 이노마타라는 성도 그렇게 좋아하지는 않지만, 성이라서 그나마 거부감이 희석된다. 슌, 상큼한 차림의 스포츠 선수 같은 이름을 부르면서 서로를 안는 상상만 해도 손발이 오그라든다.

하지만, 기쁘다. 만져주면, 기쁘다. 그 사람이 자신을 긍정해주는 것 같은 기분에, 싫은 것은 전부 잊어버린다.

그 순간, 날아와 툭 떨어졌던 슬리퍼가 머릿속에 떠올랐다. 나는 눈을 떴다.

이노마타 씨의 어깨 너머로 인형처럼 천장을 쳐다보자. 쾌감이 우수수 흩어져 떨어졌다.

나는 일어나서 멍하니 고개를 옆으로 저었다. 천천히, 눈물이 흘렀다. 취했다고 생각했다.

이노마타 씨는 난처한 듯 몇 번이나 머리를 북북 긁더니, 마음을 굳혔다는 듯이 물었다.

"괜찮은 거야? 약 처방은 받은 적 있어?"

"약?"

나는 되물었다.

"나도 7~8년 전에 갑자기 집 밖으로 나갈 수가 없었어. 취업이 잘 안 돼서 스트레스가 심했거든. 디자인 사무소에 이력서를 수도 없이 냈는데 내는 족족 떨어지다 보니까, 세상이 자신의 능력을 필요로 하지 않는 느낌이랄까. 길 가는 사람들까지도 모두 너는 아니라고 부정한다는 생각이 들었어. 그래서 한동안 약을 먹으면서, 그럭저럭 이겨냈더니 점점 좋아지더라고."

나는 어이가 없어, 그의 얼굴을 올려다보았다.

"그러니까, 마음을 치유해서 몸 상태가 좋아지는 일도 있지 않을까 하는 거지. 안 그래도 지치기 쉬운 계절이라 체력도 떨어질 테고."

"그래, 지치기 쉽지."

나는 바보처럼 같은 말을 반복했다. 그 말밖에 나오지 않았다.

이노마타 씨가 조언 같은 말을 계속해서, 나는 점점 더 고독해졌다. 내 말도 시바타 씨에게 이렇게나 의미가 없었을까, 하고 생각하자 또 눈물이 흘렀다.

"섹스는 안 해도 같이 있잖아."

오해한 이노마타 씨가 핀트가 어긋난 말을 했다. 나는 터져 나오는 오열을 간신히 삼키고 "고마워"라는 말만 했다.

아는 사람이 시모키타자와에 있는 퓨전 레스토랑에 가자고 했을 때, 시바타 씨도 온다는 말에 심하게 망설였다. 그 폭력적인 밤에서 일주일밖에 지나지 않았다. 그 후로 시바타 씨한테서는 아무 연락이 없었다.

전철 안에서도 돌아갈까 어쩔까 마지막까지 고민했다. 그러고는 역 화장실에 뛰어 들어가 토했다. 아무 일도 없었던 것처럼 입을 헹구고, 손수건으로 입가를 닦으면서 개찰구를 빠져나갔다.

가게 앞에 도착해서도 다리가 후들후들 떨렸다. 그런데도, 꼭 물어봐야 한다고 마음을 다잡고 문을 열었다.

친분이 있는 작가와 편집자 몇 명이 룸에서 테이블에 둘러앉아 있었다. 시바타 씨 옆자리가 비어 있어, 거기에 앉았다. 시바타 씨는 슬쩍 미소만 지었을 뿐, 이쪽은 쳐다보지 않았다.

터져버릴 듯한 혼란을 껴안은 채, 며칠 사이에 몸무게가 확 빠진 몸에 맥주를 들이부었다. 취해서 들어갔던 가라오케에서, 나는 무슨 말을 했던가. 부둥켜안고 나눴던 대화가 되살아나 식은땀이 흘렀다. 만약 누구에게 흘리거나 그걸 미끼로 협박하려 든다면. 이상한 흥분과 불신이 빨갛게 탁해진다.

단면이 시뻘건 고베 소고기는 거의 맛이 느껴지지 않아, 엉킨 실을 풀듯이 몇 번이나 어금니로 씹어 삼켰다.

시바타 씨가 화장실에 가려고 일어났다. 잠시 후 나는 테이블 사이를 지나쳐 화장실 문을 열었다. 녹음에 대해서 확인해야 한다고 생각했다. 삭제해달라고 해야 한다. 최소한, 어쩔 생각이냐, 그것만이라도.

시바타 씨가 안쪽 화장실에서 나왔다. 밖에 들리지 않게 물었다.

"저, 지난번에."

그 순간, 그의 표정이 굳어졌다.

무언가가 날아와 내 다리에 부딪혔다.

시바타 씨가 신고 있던 갈색 화장실 슬리퍼를 걷어찬 것이다.

사고가 완전히 정지하고 말았다.

얼굴을 들자, 색소가 엷은 앞머리 사이로 경멸하는 듯한 시선이 이쪽을 향하고 있었다.

"슬리퍼를 신어야죠, 가야노 씨."

그 싸늘한 말투에 귀까지 화끈거렸다. 내가 일방적으로 흥분한 탓에 분위기 파악을 못 하고 있다는 식의 반응에.

녹음, 이라는 단어가 목구멍에 걸려 잘 나오지 않았다. 무섭고 수치스러워, 주춤거리며 갈색 슬리퍼를 신었다. 그러다 정신을 차리고, 나가려는 그의 등에 대고 말했다.

"시바타 씨, 이 자리 끝나고 할 말이 있는데."

그는 냉담하게 "알겠습니다, 가죠"라고 대답하고는 돌아보지도 않은 채 나갔다.

그날 밤, 모두와 헤어진 후에 역 앞에 있는 맥도날드에 혼자 남아, 시바타 씨에게 몇 번이나 전화를 걸었다.

그러나 그는 받지 않았다.

맥도날드에서 나와, 플랫폼에 서서 마지막 전철을 기다리고 있자니 사지가 부들부들 떨려왔다. 혐오와 공격적인 눈길에 마음을 열고 만 일주일 전의 밤을 떠올렸더니, 컥 컥 기침이 나오고 구역질이 올라와 쭈그리고 앉았다. 도무지 영문을 알 수 없었다. 그러니까 보나마나 내 잘못일 거라고 생각했다.

　나는 울렁거리는 속을 다독이면서 시바타 씨에게 사과 문자를 보냈다.

　미안해요, 죄송합니다. 거리를 가늠하지 못하고 친근하게 굴어서요.

잠들지 못한 채 맞은 새벽에야 겨우 회신이 왔다.

　나야말로 괜히 흥분해서 미안했습니다.

그렇게 쓰여 있어 안도한 직후에, 마지막 글귀를 읽고는 소름이 돋았다.

　인간끼리니까, 무슨 일이 있어도 나는 괜찮다고 생각합니다.

　근처 시장에서 가마쿠라 채소와 해바라기를 사 들고 돌아와 문을 열려는데 누가 말을 걸었다.

　햇볕이 내리쬐는 잡초 사이로, 마 블라우스를 입은 부인이 서 있었다. 가는 눈썹에 가는 콧대. 분홍색 립스틱을 바른 입술. 머리에는 보라색 스카프. 귀에는 조그만 금 귀걸이.

"안녕하세요. 혹시 가야노 씨 손녀?"

"네, 그런데요."

대답하면서 고개를 끄덕였다.

"옆집 사는 니시야부라고 해요. 기억을 못 하나 보네. 어렸을 때, 우리 집에 와서 과자도 먹고 감도 먹고 그랬는데. 마당에서 딴 감이라 그렇게 크지는 않았지만."

"아, 맞다. 그때는 감사했어요."

나는 얼른 머리를 숙였다. 할아버지 집에 놀러 왔을 때, 딱 한 번 옆집에 간 기억이 있다. 할아버지는 남을 집 안에 들이고 싶어 하지 않는 사람이라, 그녀를 초대한 적은 없었을 것이다.

"5년 전에 남편을 저세상으로 보낸 후에는, 가야노 씨가 좋은 말벗이 되어주셨는데, 책도 빌려주시고. 난 가야노 씨 같은 전문가가 아니라서 잘 모르지만, 그래도 신세를 많이 졌어요. 손녀가 작가가 되었다고 얼마나 좋아하시던지. 늘 그 얘기를 하셨어요."

나는 황송해서 또 머리를 숙였다.

"괜찮으면 점심이라도 같이 먹을래요. 어머나, 점심 먹기에는 아직 이른 시간이네. 그럼, 차라도. 젊은 아가씨에게 이런 늙은이와 차를 마시자고 해서 민폐가 아닌가 모르겠네."

사실은 말라가는 해바라기를 조금이라도 빨리 물에 꽂고 싶었지만, 작은 외로움이 꿈틀거려 이렇게 대답하고 말았다.

"아니에요, 아직 아침도 안 먹었어요."

"저런. 그런데 어쩌나. 찬이랄 게 있어야지. 어젯밤에 먹다 남은 거라도 괜찮으면, 같이 가요. 정말 찬이랄 게 없어서."

그녀는 민망한 듯이 그렇게 말하고는, 미소 지으면서 잠시 주저하다가 거의 의무처럼 문을 열었다.

나는 그녀를 쳐다보았다. 흰머리에 예쁘게 스카프를 두르고, 한여름인데 화장까지 반듯하게 했다. 몇 십 년이라는 나이 차도 그렇지만, 나는 그녀와 잘 맞지 않을 거라고 예감했다.

집 안은 상상했던 대로 서양식으로 꾸며져 있었다. 선반에는 우아한 꽃병이 놓여 있고, 벽에는 금색 액자에 담긴 유화. 페르시아풍의 현관 매트.

그녀를 따라 들어간 거실도 고풍스럽고 우아했다. 소파에 앉아 유리 테이블을 쳐다봤다. 하얀 뜨개 탁보였다.

잠시 후, 그녀가 쟁반에 담아온 접시와 그릇을 테이블에 늘어놓으며 식사 준비를 했다.

"정말 미안해요. 그래도 밥은 아침에 새로 지은 거니까."

겸손해하는 그녀의 말을 들으면서 나는 슬쩍 부엌 쪽을

보았다. 식탁 위는 그릇과 조미료 통으로 넘쳐나, 느긋하게 식사할 수 있는 공간이 없었다. 그리고 찬찬히 돌아보니 텔레비전 옆의 선반에도 서양 인형이며 액자, 상장, 트로피 등이 빼곡하게 놓여 있었다.

고맙다고 말하고, 연갈색으로 조려진 무채를 밥에 올려 입에 넣은 순간, 숨이 턱 막혔다.

무채는 젖은 종이가 흐물흐물 찢어지는 것처럼 입 안에서 푸스스 녹았다. 이렇게 식감이 없는 걸 먹어보기는 오랜만이었다. 졸여진 간장 맛만 혀에 남았다. 그야말로 헌책을 먹는 것 같다는 생각이 들었다.

쌀밥은 그런대로 괜찮았지만, 두부와 유부를 넣어 끓인 된장국은 너무 짜서 혀가 얼얼했다. 왈칵 올라오는 이물감을 견디며, 숨을 참고 꿀꺽 삼켰다.

"……저, 국물 육수는 뭐로?"

생각다 못해 조심스레 물었다.

"아, 나는 육수는 따로 내지 않아요. 된장이나 간장이나 다 좋은 걸 주문해서 쓰는데, 재료의 맛으로 충분하잖아요. 혹시, 젊은 사람 입맛에는 좀 심심하려나?"

나는 고개를 저었다. 그녀가 자기 얘기를 풀어놓기 시작했다. 흐뭇한 표정으로 최근에 다녀온 여행과 미술관 순례 얘기를 한다.

"저, 지금은 혼자이신 거예요?"

그녀는 여유 있는 미소를 머금고, 여고생이 친구 앞에서 수줍어하는 듯한 투로 말했다.

"가끔 여행을 같이 가는 친구는 있어요, 그냥 친구. 내가 면허가 없어서, 그래서 부탁하는 거지. 이 나이가 되다 보니까 다리가 성치 않아서, 장시간 걸어 다닐 수가 없잖아요."

그렇게 말하는데, 눈앞의 그녀가 엄마와 같은 부류의 사람임을 언뜻 깨달았다.

그러세요, 하고 고개를 끄덕이며 긍정도 부정도 하지 않았다. 그녀는 그 친구라는 사람에 대해서 얘기를 늘어놓았다. 시시한 내용은 아니었지만, 놀라우리만큼 맛없는 식사를 하면서 즐겁게 미소 짓는 그녀를 보고 있었더니, 아직은 젊은 자신의 육체가 망가질 것처럼 절망하고 있다는 걸 알았다.

그러나 가령, 지금 눈앞에 있는 사람이 속내를 잘 아는 비슷한 나이의 여자였다면, 나는 이런 기분에 젖지 않을까.

그녀가 화장실에 간 틈에 얼른 휴대전화를 꺼냈다.

해바라기는 발밑에 누운 채, 꽃대 끝을 둘둘 감은 알루미늄 포일 속 물기를 빨아들이고 있었다.

마지막 전철을 타고 온 이노마타 씨는 모임이라도 있었

는지 상당히 취해 있었다. 불어터진 미소를 머금고 치근덕
거려 눈길을 돌렸다.

　2층으로 올라가 책이 사방에 널린 카펫 위로 쓰러졌다.
팬티를 벗고, 허리가 쓸려 빨갛게 부어오를 정도로 섹스를
했다. 창문으로 달빛만 비치고 있었다.

　어슴푸레한 어둠 속에서도, 어중간하게 살집이 붙은 이
노마타 씨의 가슴팍은 분명하게 보였다. 보고도 못 본 척
할 수 있다고 여겼는데, 엉겁결에 "좋아해" 하는 말이 입에
서 나온 순간, 눈을 부릅뜰 만큼 위화감이 피어올랐다. 그
순간의 자각에, 자궁 속이 흙탕 같은 물로 채워지는 기분
이 들었다.

　몸이 떨어져나가자, 나는 벗어던진 원피스를 끌어안고
멍하니 누워 있었다. 알몸으로 뒤돌아 주섬주섬 처리하고
있는 이노마타 씨가 빙글 몸을 돌려, 얼굴을 들이댔다.

　"오늘, 웬일이야?"

　"뭐가?"

　나는 감정을 죽인 채 되물었다.

　"엄청 격렬하던데. 하기야 뭐, 치히로의 변덕이 오늘 시작
된 것도 아니니까."

　농담처럼 그렇게 말해, 나는 건성건성 맞장구를 쳤다.

　이노마타 씨는 간혹 나를 변덕쟁이라고 표현한다. 서로 배

려하고 사랑하는 관계가 아닌 원인을 내게 떠넘기려 한다.

과거에 그가 아닌 남자와 잤을 때, 몇 번이나 처녀로 오인 받았다. 겁이 나서 긴장했기 때문이었다. 그리고 오로지 익숙해지기 위해 두세 번 섹스를 하다 보면, 희미한 혐오감 외에는 아무것도 느끼지 못하고 행위 자체를 잊고 만다.

이노마타 씨가 어둠 속에서 가방을 열었다. 편의점의 비닐 봉투 속에 칫솔 세트가 보인다. 게다가 노란 갑. 칼로리메이트, 하고 나도 모르게 중얼거렸다.

"아, 내일 점심때부터 다이칸야마의 카페에서 토크 이벤트가 있거든. 나가는 길에 허둥대지 않으려고."

"미안하네. 그런 때 오라고 해서."

놀라서 그렇게 사과했다.

"괜찮아. 나도 오고 싶었어."

나는 원피스를 뒤집어쓰고서야 "고마워" 하고 진심으로 말했다.

그가 돌아봤다. 희붐한 어둠 속에서도, 표정이 부드러워지는 걸 알 수 있었다.

"치히로, 이제 소설 안 써?"

예상치 못했던 질문에, 눈으로만 되물었다.

"나, 팬이잖아."

"아, 그렇구나."

"그렇구나, 가 뭐야."

그가 어이없다는 듯이 웃고는, 내 머리를 쓰다듬었다. 짓누르듯 쓰다듬는 건 역시 내 취향이 아니었지만, 그래도 기뻤다. 이노마타 씨가 이쪽으로 등을 보여, 머리를 기대보았다.

"오호, 웬일이지?"

어른스러운 말투로 물어서 "아니, 그냥"하고 중얼거렸다.

볼을 대자, 까끌거리는 피부 밑의 견갑골 모양까지 또렷하게 느낄 수 있었다. 이렇게 고요하게 뛰는 심장 소리를 오랜만에 들어본다. 그 어떤 아름다운 음악보다 위로가 되어서, 와준 것에 감사했다.

휑한 공간에 이부자리를 하나만 펴고, 이노마타 씨와 꼭 기대어 잤다.

다음 날 아침이 되자, 그는 재빨리 나갈 준비를 했다.

"아직 그쪽 작품을 다 확인하지 못했어. 다이칸야마 서점에 들렀다가 갈 거야."

내가 아침을 먹고 가라는데도, 그런 말을 좌르륵 늘어놓고는 현관에서 스니커즈에 발을 밀어 넣었다.

"아 참, 토크 이벤트, 누구랑 하는 건데?"

"슈."

"뭐, 그."

나오던 말이 목에 걸렸다. 스무 살 남짓에 얼마 전 큰 상을 받은 미소녀 사진가였다. 사진 자체에는 특유의 화사함이 있지만, 잡지에서 보는 그녀는 늘 세일러복 차림이라 영악해 보여 싫었다.

"응, 고등학생 때부터 내 그림을 좋아했대. 그래서 수상 기념 토크 이벤트에 나를 게스트로 불렀어. 영광이기는 한데, 손님은 보나마나 다 남자들이겠지."

"그야 뭐, 슈니까."

간신히 힘내라는 말을 건네자 "고마워" 하며 상큼하게 웃고는 손을 저었다. 문을 여는 순간, 눅눅하고 무거운 열기가 확 들어와 얼른 문을 닫았다.

2층에서 에어컨을 켜놓고, 죽어라 책을 잘랐다.

한숨 돌리고 시선을 들자, 쓰레기통에 이노마타 씨가 버린 화장지가 처박혀 있었다. 겨우 하룻밤이었는데, 미처 지울 수 없을 만큼 남자의 기척이 여기저기 남아 있었다.

해가 저문 후에도 불을 켤 마음이 생기지 않았다. 부연 어둠에 섞여, 방바닥에 누웠다. 저녁매미가 울고 있다.

천장을 올려다보면서 확실히 외롭다고 생각했다. 지금쯤 이노마타 씨는 이벤트가 끝나고 뒤풀이를 하고 있을까. 여성 잡지에서 본 적이 있는, 도전적인 눈동자의 미소녀 사진가가 날파리처럼 시야에서 오락가락한다.

스물네 시간 이내에 자신과 그런 짓을 한 남자가 낯선 미소녀와 나란히 앉아 있는 장면을 상상하자, 갑자기 속이 울렁거렸다. 깜짝 놀랄 정도로, 나는 순식간에 그 망상에 쫓겼다.

숨을 헉헉 몰아쉬면서, 나도 모르게 울고 있었다. 바보 같다고 여기면서도, 이노마타 씨가 이미 자신을 버렸다고밖에 생각할 수 없었다.

밤늦게야 겨우 이노마타 씨한테서 문자가 왔다. 글투로보아 신나게 취해 있다는 걸 알 수 있었다. '누가 재미있는바를 가르쳐줬어, 다음에 같이 가자' 하고 쓰여 있었다.

슈랑 같이 갔느냐고 질문했더니 '설마' 하는 회신이 왔다. '세일러복 입고 바에 어떻게 들어가'라고도.

또 그 차림이었나 보네, 하고 생각하고는 '수고가 많네' 하고만 회신을 보냈다.

누웠다 일어났다를 반복하고 있었더니, 캄캄한 계단을 뛰어 올라오는 소리가 나고, 검은 물체가 날아들었다.

이쪽을 들여다보는 얼굴을 보고, 깜짝 놀랐다.

시바타 씨, 하고 마음속으로 불렀다. 눈에 익은 파란 스웨터를 입고 있었다. 색소가 엷은 앞머리. 눈가에는 여전히 장난스러운 웃음기가 묻어 있다.

"오랜만입니다."

두 팔을 내밀어 머리를 껴안는다. 이제 겨우 만져도 되나 보네, 하고 생각했더니 안도가 한꺼번에 밀려와 나는 조심조심 받아들였다. 처음 통했다는 감촉에, 눈물이 날 것 같아 "시바타 씨" 하고 부르는 순간 눈을 떴다.

이런 일이 가능할 리 없다.

손에 힘을, 준다. 남자 등뼈의 확실한 감촉. 틀림없다. 현실이다. 그런데도 생각한다. 이런 일이 가능할 리 없다.

그 순간, 부옇게 사라진다. 희미하게 사라져 시바타 씨는 하얀 베개가 되었다. 핏기가 가신다. 울다 못해, 충격으로 얼이 빠졌다. 너무하다. 아무리 그래도 이런 꿈을. 베개를 껴안은 두 손이 바들바들 떨려 살아 있고 싶지 않은 심정이 들었을 때, 다시 한 번 잠이 깼다.

창밖은 부옇고 파르스름하고, 매미 울음소리가 쏟아지듯 울렸다. 이제 울 기력도 없어, 천장을 쳐다보았다. 품 안에는 베개조차 없었다. 그야말로 텅 비어 있었다.

벚꽃이 질 무렵에 만납시다, 하는 시바타 씨의 메일이 왔을 때 나는 너무 동요해서 하마터면 쓰고 있는 원고를 삭제할 뻔했다.

눅눅하고 싸늘한 밤이었다. 작업실에는 아직도 스토브가 놓여 있었다. 불길하게 뛰는 심장 소리가 온몸에 울렸지만, 빈 일정을 찾아 전달했다.

약속한 밤, 스페인 바에 먼저 와 있던 시바타 씨에게 나는 우선 머리부터 숙였다.

"저, 여러 가지로 일이 많았지만 잊어주세요. 나도 어떻게 하고 싶다는 건 없으니까."

시바타 씨는 허를 찔린 것처럼 맥주잔을 내려놓고 말했다.

"가야노 씨, 좀 별나군."

가게 안의 조명이 어슴푸레해서, 잔을 든 손만 하얗게 떠 있었다.

"그보다 가야노 씨, 지난번에 밤중에 돌아갔잖아요. 그 주변은 가게들이 의외로 빨리 문을 닫아서 위험한데. 나, 후회했습니다."

"네?"

놀라서 되묻자, 그는 담배에 불을 붙이면서 "그러니까" 하고 말을 이었다. 턱을 괸 손. 손가락이 길다고 생각했다. 눈을 내리깔았을 때의 속눈썹도.

"오늘은 절대 혼자 보내지 않을 겁니다."

무슨 바람이 분 건지 전혀 모르는 채 고개를 숙이고, 오늘 밤도 눈앞에 있는 남자의 술수에 말리고 있다고 느꼈다.

긴장한 탓에 와인을 두 병이나 비우고, 돌아가는 엘리베이터를 탄 직후에 시바타 씨가 손을 잡았다. 잡아당겨 쓰러졌다.

코트에서 또 달짝지근한 냄새가 나서, 뇌가 찌릿찌릿해졌다. 그가 껴안는 바람에, 반사적으로 고개를 들었다. 하지만 시바타 씨는 밀쳐내듯이 몸을 뗐다. 엘리베이터 문이 열렸다.

견딜 수가 없어서 고개 숙인 내 손을 그가 낚아채듯 쥐고는, 가게 문이 닫힌 역 앞을 걷기 시작했다. 도무지 이해가 안 돼 고개를 쳐들자, 봄의 미지근한 공기가 목구멍까지 흘러들었다.

"아는 사람이 지나가면 재미있을 텐데. 어느 출판사 편집자라든지."

소리는 뇌에 들어오는데, 바다 위에서 아무 지식이 없는 상태로 모스부호를 받은 듯한 기분이었다. 할 수 없이 "그러네요, 이 부근에 많이 사니까" 하고 맞장구를 쳤다.

"그러고 보니, 가야노 씨 본가가 술집을 한다고 했나요?"

나는 "네" 하고 대답했다.

"흐음. 그럼, 아주 오래전부터 하나 봅니다."

"그래요. 중학교 다닐 때는 미술 선생님도 몰래 와서 마시곤 했어요."

"하하, 웃기군. 가볼까?"

깜짝 놀라서 쳐다봤을 때는, 그는 이미 택시를 잡아타고 있었다.

낯익은 낡은 카운터 앞에 시바타 씨와 나란히 앉아, 두 시간 정도 마시면서 얘기했다.

엄마는 여느 때와 다름없이 제멋대로 수다를 늘어놓고, 시바타 씨는 얘기를 들으면서 능청스럽게 맞장구를 쳐댔다. 시바타 씨가 화장실에 간 틈에, 엄마가 나를 보면서 물었다.

"너, 저 사람이랑 사귀는 거니?"

나는 고개를 옆으로 저었다.

"설마. 사귀는 거 비슷한 다른 사람 있는데."

얼마 전부터 데이트를 시작한 이노마타 씨의 얼굴을 떠올리면서 경계하듯 대답했다.

"그래, 그 정도가 좋아. 저 남자, 평범하게 사귀자면 감당할 수 없을 거야."

엄마는 경고하듯 그렇게만 말했다.

새벽 2시가 넘어 가게에서 나왔다. 엄마가 문밖까지 나와 손을 흔들어주었다.

택시에 올라타자 현실감이 없고, 한꺼번에 몰려오는 피로감에 몽롱해하고 있는데 그가 또 손을 잡았다. 힘을 꽉 주는 느낌이 어린애 같다고 생각했다.

"가야노 씨 어머니, 미인이네요."

"아, 그런 말, 자주 들어요."

"그런데 그런 여자들이 꼭 남자 운이 없다니까. 왜 그럴까."

그렇게 말하면서 눈을 깜박거리는 시바타 씨에게 나도 모르게 웃어 보였더니, 한 걸음 또 끌려 들어간 듯한 감각이 느껴졌다. 그가 걸치고 있는 재킷은 어깨도 소매도 맞춘 것처럼 딱 맞아, 이렇게 잘 어울리는 옷을 입고 있는 그는 타인에게 어떻게 보일까 하는 자의식이 자신보다 한결 강하다는 걸 깨달았다.

애당초 누구지, 이 사람. 일이라는 이름을 빌려, 담당 편집자라는 이름을 빌려 눈앞에 나타난 이 남자는. 그런 의문을 품고 있는데.

"내가 얼마 전에 꼬드긴 여자도, 딱 그런 분위기였는데."

갑작스런 그의 말에 얼굴이 짓밟힌 듯한 기분이 들었다.

"그런가요. 그래도 사귀거나, 그런 건 아니죠?"

"뭐, 그런 마음은 없었으니까. 그러다, 꼬이는 바람에…… 솔직히, 귀여워서 그만."

시바타 씨가 그렇게 털어놓아, 사고가 정지되었다.

"가야노 씨, 그런 거 경멸하죠?"

경멸은커녕 상처가 되었다는 말은 할 수 없어 "아니요" 하고 고개를 젓는 수밖에 없었다.

자신도 그런 식으로 당했다는 사실을 뇌 속에 억지로 밀어 넣고 평정을 유지했지만, 갑자기 눈물이 날 것 같을 때 아파트 앞에 택시가 멈췄다.

"나 말이죠, 가야노 씨와 밥을 먹으면 맛있게 느껴져요."

불쑥 그가 중얼거렸다.

"또 마시러 가요. 나, 바쁘니까 시간 맞추기 어려울지도 모르지만, 서로 연락합시다. 가야노 씨가 먼저 만나자고 해도 상관없으니까."

또 거리감이 뒤엉키는 걸 필사적으로 억누르면서 인사를 하고 걸었다. 등이 구부정하지 않기를. 다리를 똑바로 내밀고 있기를. 아무리 자세를 바로 해도, 조금도 마음대로 되지 않는 기분이었다.

아파트 입구 앞에서 살금살금 돌아보니, 아무도 없었다.

시바타 씨를 만날 때는 몹시 긴장했다. 점차 안색을 살피게 되었다.

마지막에는 언제나 시바타 씨가 손을 잡아, 불빛이 꺼진 상점가를 걸어 돌아왔다. 아파트 앞까지 데려다줘서, 도망치듯 사라지려 했는데 뜬금없이 껴안았을 때는 뼈가 으스러지는 듯한 기분이 들었다.

오토록을 해제하고 아파트 입구로 발을 들이미는 순간, 무력감과 허망함이 가슴에 퍼졌다. 자는 동안 긁어서 가는 생채기가 남은 듯한 착각을 품었다.

늦은 밤까지 일을 하고 있는데, 오른손 손톱이 키보드에 부딪히는 소리가 유난히 크게 울린다는 것을 알았다. 자세히 보니 몇 번이나 같은 키를 치고 있었다.

그런데 다음 날 아침이면 오른손이 아무 일도 없었던 것처럼 움직였다. 그런가 하면 경련이라도 일으킨 것처럼 떨리는 일도 있어, 일에 지장이 생긴 탓에 병원에 갔다. 뇌졸중 전단계가 아닐까 하는 우려에 CT와 MRI도 찍었지만 별 이상은 없었다. 심인성이라는 걸 깨달았다.

깊은 밤, 나는 망설이다가 대학 시절 신세를 진 교수에게 상담 메일을 보냈다. 아마 신경성일 거라고 생각하지만, 갑자기 이런 증상이 나타나 당황했어요. 그렇게 간결하게 썼다. 신경성에는 결정적인 치료법이 없다는 게 떠올라 우울해하면서 잠이 들었다.

다음 날 아침에 친절한 답장을 받아서 오랜만에 대학 근처에 있는 카페에서 만나기로 했다.

교수는 카페 안의 구석진 창가 자리에서 기다리고 있었다. 대학 교수치고는 아직 젊고, 체력도 지성도 겸비한 분위기가 절로 눈에 띄어, 바로 찾을 수 있었다.

"오, 오랜만이군, 가야노 씨."

그는 갈색 플라스틱 안경 너머로 나를 보았다. 의식적으로 첫 말을 밝게 하는 사람이었음을 떠올렸다.

홍차를 마시면서, 근황을 보고했다.

"그래서 손은?"

교수가 턱을 괴면서 부드럽게, 슬쩍 물었다. 원래는 남자
다운 얼굴이 온화해진다.

그가 이끄는 대로 상태를 설명하자, 그가 바로 지적했다.

"이거다 싶은 원인은 없나?"

식은 홍차를 한 모금 마시려고 했는데, 손가락이 잔에 부
딪혔다. 교수는 신경 쓰는 눈치 없이 대답을 채근했다. 나
는 시바타 씨에 대해서 겨우 입을 열었다.

"좋아하나?"

교수가 내 눈을 보면서 물었다.

나는 신중하게 고개를 가로저었다.

"그냥 연애를 할 때와는 뭔가가 다르다는 건 알아요. 그
런데, 그럼 이 관계는 뭔지 그걸 모르겠어요. 게다가 누가
보면 그쪽은 나를 별로 좋아하지 않는데, 내가 오히려 무겁
고 집요하게."

"집요하게 굴고 있어?"

"……그쪽이 거절하는 듯한 태도를 취하니까, 내가 집요
한 게 아닐까 하고."

"그건 그쪽이 기대하게 하는 언행을 하기 때문이지. 왜

자신의 위화감을 무시하는 거지?"

"제가 잘못하는 것 같은 기분이 들어요."

"뭘 잘못했는데?"

불쑥 정곡을 찔려, 고개를 숙였다.

"아무것도, 안 했어요. 그런데 오히려 그런 때 더 혼란스러운 일을 당해요."

솔직하게 대답했다.

"가야노 씨, 올해로 서른이었나?"

나는 살짝 당황하면서 "네" 하고 고개를 끄덕였다.

"나이만 먹었지. 정말 변함이 없군. 어린 소녀 같은 얼굴하며."

교수는 그렇게 말하고는 쓸쓸하게 웃었다.

"가야노 씨는 옛날부터 그랬어. 타인을 분석하는 건 비교적 잘하는데, 자신에 대해서는 극단적으로 겁을 낸다니까. 솔직히, 가야노 씨는 임상 현장에서 일하기에는 너무 섬세하다고 생각했어. 어디 틀어박혀 일하는 게 맞아. 하지만 자기 몸을 어떻게 지켜야 하는지를 익히지 않으면 같은 일을 반복하게 될 거야. 그쪽도 딱히 무슨 생각이 있어서 그러는 게 아니겠지만, 본능적으로 사람을 조정하는 데 능숙한 사람이 있어. 녹음했다는 그 대화 내용만 곤란한 거야? 육체관계는 없었어?"

"없었어요."

"그럼, 아무튼 거리를 두는 게 좋겠군. 그리고 지금까지 유사한 일이 또 있었나?"

나는 순간적으로 말을 얼버무리다 "있어요" 하고 조그맣게 중얼거렸다.

"그래, 있었겠지."

"네, 있습니다."

"그래서는 해답이 없어."

"네."

그러면서 얼굴을 들자, 그가 연민의 빛을 띠고 안경 너머로 같은 말을 반복했다.

"해답을 얻으려 하지도 않지. 그들은 아무 생각도 안 해. 그저 가야노 씨를 자극해서 자기 쪽으로 의식을 돌리면 만족하고는 밀쳐낼 뿐이야."

나도 모르게 반론을 폈다.

"하지만 의미가 있을지도 모르잖아요."

"그렇게 생각하고 싶겠지. 그러나 그런 건 없어."

모르겠다고 말하려다, 말을 잃고 말았다. 해답이 없다면 뭐 때문에, 하고 하려던 말을 삼켰다.

"카이사르의 것은 카이사르에게, 이 말 알아? 작가니까 성경 정도는 읽었겠지."

교수가 그런 말을 했지만, 의미를 알 수 없었다.

"어차피 소모하는 시간과 노력, 최소한 본인에게 돌려줘야지."

"무슨 뜻인가요?"

참다 못해 묻자 그는 막힘없이 대답했다.

"그 시바타 씨라는 사람, 가야노 씨에게 누구의 투영이라고 생각해?"

바비큐에서 피어오르는 연기와 쓰레기봉투에 던져지는 빈 맥주 캔. 햇살 속에서 단골손님들이 와글대는 소리가 난다. 십 몇 년 전 일인데, 몇 초 전 일인 것처럼 웃음소리가 되살아났다.

엄마도 아르바이트를 하는 여자들도 취해서 흥청거렸다. 도시에서는 볼 수 없는 거대한 나비가 잔디 위를 날아다니다, 빛에 탄 것처럼 이내 시야에서 사라졌다.

공중 화장실 앞의 수풀만 어두웠다. 잔 나뭇가지와 돌멩이가 드러난 무릎을 찔렀다. 낮의 세계를 멀리서 쳐다보고 있었다. 아무도 알아차리지 못한다, 이렇게 가까이에 있는데.

"아무도 모르는군."

이소와 씨의 숨소리만 귓가에서 울렸다.

"응" 하고 애교 띤 미소를 짓자, 등 뒤에서 껴안은 손에 힘이 들어갔다. 가슴을 파고드는데 '우연이야' 하고 생각을 바꾼다. 이 사람은 나를 어린애라고밖에 생각지 않으니까. 내가 원한 거니까.

겁이 나서 꼼짝도 못 하면서, 그래도 이소와 씨를 이 세상에서 유일한 내 편이라고 느끼고 있었다.

싱그러운 신록이 한들거리는, 바비큐장의 오후에.

아버지가 쓰러졌다는 연락을 받았을 때, 나는 출판사에서 원고를 한창 손질하는 중이었다. 테이블에 교정지를 펼쳐놓은 채 병명과 병원 이름을 들었다. 혼자 있기에는 너무 넓은 회의실은 목소리가 잘 울렸다.

전화를 끊고서, 회의실에서 나와 편집부로 향했다. 그리고 담당인 젊은 여자 편집자가 아니라, 머리가 희끗희끗한 편집장을 찾아갔다.

"가야노 씨, 무슨 일이세요?"

궁금한 눈빛으로 묻는 편집장에게, 나는 말했다.

"아버지가 위독하대요."

"네, 뭐라고요?"

"뇌경색이래요. 자세한 건 잘 모르겠지만, 요 몇 년 동안 주량이 상당히 늘었나 봐요."

편집장은 아버지와 같은 세대인 데다 한 사진가를 같이

담당한 적도 있다는 얘기를 언젠가 들었다.

"이거, 병원에 가봐야겠군요. 그럼 가야노 씨도 같이 가는 거죠?"

"아니요. 나는."

말을 꺼냈다가, 우물쭈물한다.

"빨리 끝내야 하는 일이 좀 있어서, 아무래도."

편집장은 놀란 듯이 동작을 멈췄다가, 상황을 헤아렸는지 "그래요" 하고 짧게 말하고는 고개를 끄덕였다. 이쪽의 속내를 내보여 부끄러웠다. 말없이 고개를 숙이고 회의실로 돌아갔다.

창밖은 엷게 구름 낀 저녁이었다. 해가 지자 어두워져서 원고조차 잘 보이지 않았다. 문장이 거의 머릿속에 들어오지 않았다.

약속 시간이 되어, 역 근처에 있는 늘 가는 스페인 바에 도착한 다음에도 암울하게 입을 다물고 있었다.

"가야노 씨, 무슨 일 있었죠?"

시바타 씨가 얼굴을 들여다보며 물었다. 고개를 저으려다, 눈앞에 있는 와인 잔을 쳐다봤다. 와인 잔을 쥔 손이 또 파르르 떨리는데, 꾹 참으면서 말했다.

"아버지가, 병으로 쓰러진 것 같은데."

"정말요? 면회는?"

"못 갔어요, 시바타 씨는." 나는 불쑥 물었다. "생일이 3월 9일이던가요?"

"그런데. 아, 가야노 씨 아버지와 같은 날이죠. 게다가 이직을 했지만, 원래는 편집자였고."

나는 말은 않고 고개만 살짝 끄덕였다. 처음 그걸 알았을 때, 그 우연을 왠지 불쾌하게 느끼면서도 배 속이 뜨끈해졌던 걸 떠올렸다.

"안 가봐도 돼요?"

"내가 여섯 살 때, 이혼해서 집을 나갔는데요 뭐. 가끔 같이 일하는 사람을 데리고 가게에 오기는 했지만."

"호오. 뭐랄까, 알 수 없는 거리감이군요."

"비평 같은 얘기를 했던 기억밖에 없어요. 그리고 어린애가 읽을 수 없는 어려운 책을 들고 와서 두고 간 것밖에."

"나랑 닮았어요?"

농담처럼 물어서 "글쎄요" 하고 말을 흐렸다.

실은 조금도 닮지 않았다는 결말이면 좋겠지만, 실제로는 확실히 닮았다. 심각함과 경박함이 늘 뒤섞여 있고, 여자를 하찮게 여기면서도 은근슬쩍 어리광을 부리는 점이.

아버지는 회사 근처에 있는 아파트에서 혼자 살기 시작한 후에도 일주일에 한두 번은 가게에 와서 엄마가 만든 음식을 먹고 술을 마셨다.

나는 싫었지만, 엄마는 돈을 내니 그나마 낫다고 하면서 아버지를 쫓아내지는 않았다. 언제나 셔츠 단추를 두 개 풀고 있던 모습만 유난히 기억에 선명하다.

때로는 회사에서 아르바이트하는 젊고 귀여운 여자를 데리고 오는 일도 있었다. 내게 선물로 책을 내밀면서, 세상에서는 귀엽고 멍청한 여자가 사랑받으니까, 치히로도 짧은 치마를 입고 미용실에도 가라고 잔소리를 했다. 마음속으로는 왜 저런 허튼소리를 할까 생각했으면서도, 그 가치관은 내 목덜미에 들러붙어 응어리처럼 단단하게 뭉쳐 있었다.

시바타 씨가 발치에 놓은, 책과 원고로 빵빵한 가죽 가방을 힐금 쳐다봤다. 일에 열심이라는 것은 알고 있다. 그런 탓에 마모되고 있다는 것도.

"걱정이네요."

심각한 표정으로 그렇게 말해, 나는 아무 생각 없이 기계적으로 "그러네요" 하고 대꾸했다.

"나도 언젠가는 갑자기 쓰러지고 그럴까."

그가 그런 말을 중얼거려, 나도 모르게 시선을 향했다.

목덜미를 긁는 옆얼굴의 안색이 좋지 않다. 보푸라기 하나 없는 카디건을 입고 있지만, 보낸 메일에 회신이 오는 시간대는 뒤죽박죽이다.

검은 앞치마를 두른 종업원이, 기름 튀는 소리가 울리는 접시를 들고 왔다.

"전에, 자살하는 꿈을 꿨습니다."

시바타 씨가 그런 말을 꺼내, 나는 버섯 아히요를 뜨다 말고 그를 보았다.

"그래서 당분간, 죽지 않아야겠다 싶어서."

"반대로?"

"음, 반대로. 뭐랄까, 이런 건가 싶어서. 하지만 사람이 죽는 건, 역시 기분이 안 좋은 일이니까 전화도 받고 그럽니다. 몇 달에 한 번 정도는 걸기도 하고."

그 말투로 여자가 얽혀 있다는 걸 알았다.

"왜요?"

"그래서 조금이라도 산 기분이 든다면 좋은 거잖아요. 나 같은 사람이라도."

그건 상호 의존 아닌가, 하는 생각이 스친다. 여유 있는 표정과는 반대로, 목을 벅벅 긁는 그의 버릇이 나왔다. 몸의 정직함 하나는 평등하다고 생각했다.

"그래도, 같이 살 수는 없는 거죠?"

"음, 그러니까 죽는다고 하면 난감하죠. 요즘은 회사에까지 전화가 걸려와서."

"큰일이네요."

그렇게 맞장구를 치면서, 언젠가 이런 대화를 나눈 적이 있다는 기억을 떠올렸다.

"숨어서 기다리고 있다가 푹 찌르기라도 하면 어쩌죠."

농담처럼 하는 소리에, 불쑥 생각이 나서 의견을 보탰다.

"회사 그만뒀다고 하면 되잖아요."

시바타 씨는 아, 하고 밝은 목소리로 맞장구를 쳤다.

"그런데, 그 말을 믿겠어요?"

"그만뒀다고 하면 그만둔 줄 알겠죠. 시바타 씨는 어차 피 출퇴근 시간도 일정하지 않잖아요."

"하긴 그렇군."

시바타 씨는 담배를 손가락 사이에 끼면서, 흥미롭다는 듯이 눈을 가늘게 떴다. 애당초 혼자 지내다 보니 성가신 일이 늘어나는 게 아닐까 하는 생각에, 전에도 했던 질문 을 다시 했다.

"시바타 씨, 여전히 사귀는 사람 없어요?"

없습니다, 하고 시바타 씨는 퉁명스럽게 대답했다.

"여자는, 남자는 생각지도 못한 일에 상처를 입잖아요. 그런데, 또 생각지도 못한 일에 깜짝 놀랄 만큼 강하기도 하고."

"그럴, 지도 모르겠네요."

고개를 끄덕이면서 왠지 이 사람은 줄곧 겁에 질려 있는 게 아닐까, 하는 생각이 문득 들었다.

"남자는 여자를 영원히 모를 겁니다. 게다가 난 태어나길 상처를 주는 인간인지라 연애 같은 거, 이제 안 합니다."

"하지만 상처를 받는 쪽도 다 알면서 같이 있는 거 아니겠어요. 시바타 씨가 그런 사람이라는 걸."

나는 감상을 말했다.

시바타 씨는 나무로 된 카운터 테이블에 턱을 괴고 빵을 뜯으면서 불쑥 말했다.

"당신, 정말 착하네. 난 말이지, 착한 사람은 소설을 쓸 수 없다고 생각해."

엷은 조명이 비추는 손은 역시 하얗다. 담배를 꺼내 불을 붙인다.

"그런데 가야노 씨는 쓰고 있으니까, 왜 그런 걸까 하고 생각했어."

거기까지 듣고서 깨달았다. 착하다는 건 약하다는 말과 동의어라는 것을. 흔들지 마, 이 이상 흔들지 말라고. 기억나게 하지 말라고.

그런데 시바타 씨가 갑자기 내 머리를 껴안고 머리를 쓰다듬었다. 슬쩍 피하자, 다시 한 번 머리를 쓰다듬는 확실한 감촉을 느꼈다.

"치히로."

"……네."

시바타 씨는 내가 마시고 있는 와인 잔을 들고는, 멋대로 마셨다.

젖은 입술을 보다, 얼마 남지 않은 평정이 쫙 갈라진 심장에서 하늘하늘 벗겨지는 걸 느꼈다.

나는 착하다. 그것은 무섭기 때문이다. 상처 입는 것이. 그리고 모르는 척한다.

이 사람은 그걸 알고 있다.

"시바타 씨."

떨리는 목소리로 불렀다. 그가 돌아보았다. 진지한 표정이라 오히려 머릿속이 냉정해졌다. 그런데도 말을 멈출 수 없었다.

"갑자기 해서 미안해요, 이런 얘기. 나, 어렸을 때."

눈을 깜박거릴 때마다 시신경이 하나씩 톡톡 끊어져 나가는 것 같았다.

"어른 남자에게 이런저런 일을 당한 적이 있어서. 그 후부터는 누가 만지는 게 싫었고, 전부 내 탓이라고 생각했어요. 그래서 처음 시바타 씨가 말을 걸었을 때부터 계속 혼란스러웠어요, 몸 상태도."

그때 내 말을 가로막듯이 그가 말했다.

"알고 있습니다."

그 말을 들으니 심장이 으스러지는 기분이었다.

"보고, 또 읽고 있으니까. 안다는 표현은 주제넘을지 모르지만. 당신의 흔들림 속에서 난 감지하고 있었어요."

탁한 혼란에 삼켜지는 걸 느꼈다.

"……그렇다면 왜, 녹음도 그렇고, 다른 일도."

"왜 그런 짓을 하는지, 나도 잘 모릅니다. 나야말로 파괴를 원하는 잠재적인 욕구가 있는 거겠죠. 타인에게 상처를 주고 싶고, 자신을 파괴하고 싶은."

마지막 말을 들었을 때, 충격으로 봇물이 터진 듯 눈물이 흘렀다. 시바타 씨는 표정 없는 얼굴로 나를 보았다.

"나는, 몇 번이나 죽으려고 했어요. 나이가 이쯤 되고 보니 웃기는 소리지만."

살며시 눈물을 닦으면서, 고개를 끄덕였다. 그리고 생각했다. 이 남자는 정말 사실을 얘기하고 있는 것일까. 흐릿한 시야 속에서 그의 옆얼굴을 쳐다보면서, 눈물이 싸늘하게 식어가는 걸 느꼈다. 지금까지 사람을 그런 식으로 의심한 적이 없었다.

대화는 제대로 이어지지 않고, 음식에도 손을 대지 않은 채 와인만 계속해 마셨다.

시바타 씨가 벌떡 일어나 계산을 하더니, 노래나 부르러 갈까요, 하고 말했다. 나는 불안해하면서도 일어섰다.

어두컴컴한 골목으로 들어서자, 시바타 씨가 손을 꽉 잡아서 당겼다. 시야가 흔들리고, 밤하늘에 뜬 반달이 파도에 흔들리는 배처럼 심하게 오르내렸다.

계단을 내려가 지하에 있는 가라오케에 들어서자 돈을 내고 방으로 들어갔다. 시바타 씨는 독한 하이볼을 거푸 마시고는 적당히 말을 뱉어냈다.

"그래도 가야노 씨는 연애도 하고 섹스도 하는 게 좋아요. 남자와 여자밖에 없으니까. 나는 이미 그런 욕망이 없으니까, 아무 상관 없지만."

조금 전에 털어놓은 말을 산산이 부서뜨리듯.

모호하게 고개를 끄덕이면서 소파에 앉았는데, 또 손이 부들부들 떨려서 얼른 치마 주머니에 밀어 넣었다.

시바타 씨가 느릿느릿 "아이스크림 먹읍시다" 하고 말했다. 나는 수화기를 들어 주문했다.

이내 점원이 문을 열고 들어와, 바닐라 아이스크림이 담긴 은색 그릇을 테이블에 내려놓았다.

어둑어둑한 테이블 위로 대형 화면에서 쏟아지는 빛이 비치고 있었다.

알고 보니, 나는 그의 사타구니 사이에 얼굴을 묻은 채 꼼짝 못하고 있었다. 또 잘못했다는 절망을 품는 한편으로, 잘못한 게 나인가 하는 의문이 머리를 스쳤다. 정말, 나일까. 간신히 손을 놓아 슬금슬금 일어나자 또 꽉 껴안는다. 거부할 수도 없어서 그대로 있자, 흐릿하던 시야마저 또 조금씩 가려졌다.

가라오케에서 나오자 비가 내리고 있었다. 어깨를 안긴 채 택시 승차장으로 걸어갔다.

좁은 뒷좌석에서 "치히로" 하면서 손을 꼭 잡고 껴안는다. 혼란이 가속되면서 파열 직전까지 부풀었다. 사랑도, 성의도 필요 없다. 부정하고 빼앗은 것만 돌려주면 된다.

"이대로는 돌아갈 수 없어요."

거의 매달리다시피 그렇게 애원한 순간, 그가 갑자기 표정을 잃고 입을 꾹 다물었다.

"부탁할게요, 무시하지 말아요. 그럼 어째서 지금까지 이런저런 일들을. 너무했어요. 그렇게 내가."

무거운가요? 그 말은 오히려 자신에게 치명적인 칼날이라고 직감하고서, 단언하지 못한 채 무너졌다. 무거운가요? 무겁지 않을 리 없다. 왜냐하면, 나도 내가 죽고 싶을 정도로 무거우니까. 이런 기분을 느끼느니, 차라리 죽여줬으면 싶었다. 그런데도 왜 나는, 데리고 노는 거 이제 그만하라고 소리치면서 택시에서 뛰쳐나가지 못하는 것일까.

얇은 셔츠 너머로 뜨거운 체온이 전해져, 이런 남자의 몸에도 피가 흐른다는 걸 새삼 알게 된다.

"……그렇게 상처를 주고 싶은가요?"

나는 목소리를 죽이고 물었다. 시바타 씨가 겨우 이쪽을 내려다보았다.

"그쪽에서 일방적으로 만지고, 우리 둘의 대화를 녹음해서 불안하게 만들고, 기분 내킬 때만 상대를 하고, 그래서 재미있냐고요?"

"재미없어." 그가 대답했다. "상처를 주고 싶어 하는 것도 욕망이니까. 가야노 씨 말을 녹음한 건 벌써 지워버렸어."

"믿을 수 없어요."

나는 고개를 옆으로 저었다.

"그렇겠지."

그가 또 담담하게 대답했다.

"똑바로 가면 됩니까?"

택시 기사가 물어서, 나는 할 수 없이 두 번째 모퉁이에서 좌회전해달라고 말한 후, 더는 참지 못하고 그의 옆얼굴에 대고 말했다.

"이대로, 어디든 데리고 가주세요. 이제는 나도 어떻게 하면 좋을지 모르겠으니까."

"길이 위험하고, 취하기도 했으니까 돌아가는 게 좋겠어요. 정말."

시바타 씨는 단단히 이르듯 그렇게 말했다.

"내년에 발리 섬에 가자고. 경비로, 응?"

갑자기 발리 섬이라니?

멍하니 있는 사이에 택시가 아파트 앞에 도착했다.

나는 가방을 들고 휘청휘청 밖으로 나갔다. 돌아보니, 그가 손을 살랑살랑 흔들고 있었다.

밤의 주택가 한가운데 남겨져, 울면서 서 있었다.

이웃집 창문은 모두 까맣고, 젖은 어둠은 번들번들 빛났다. 갑자기 체온이 떨어졌다. 발리 섬이라는 단어의 생소함만 고막에 들러붙어 있었다. 발리 섬이라니, 하고 나는 중얼거렸다. 가고 싶지 않다.

책을 자르는 속도가 빨라졌다.

에어컨을 켜놓아도, 오후가 되면 한층 강해진 햇살이 창문으로 비쳐 실내 온도가 올라간다.

땀이 배어나는 몸으로 레버를 누를 때마다, 손바닥에 복수 같은 감촉을 느꼈다. 팔뚝이 저릿저릿해지면, 오른손에만 빨간 물집이 생겼다.

데이터를 저장하는 작업이 허술해졌다. 실오라기도 잘 떼어내지 않고 기울기도 잘 맞추지 않은 채 컴퓨터 속에 떨궈버린다.

갑자기 현기증이 나서 주저앉았다. 겨우 다섯 권밖에 재단하지 못했다. 책장을 돌아보니 아직 10분의 1도 비어 있지 않았다.

　뭐야, 이게 다. 낙담해버렸다. 책이 뭐라고 이렇게 많은 거야. 이렇게 많이 읽었는데도 할아버지는 보통 사람이었다. 그냥 남보다는 머리가 좀 좋고 상식적이며 학자 기질이었다. 그뿐이다. 책에 관한 인간 특유의 기묘한 사명감을 떠올린다. 하지만 세계는 변하지 않는다. 자기 옆에 있는 사람조차 변하지 않는다. 안이한 구원 따위는 우습게 여겼다. 그러나 트라우마를 지닌 주인공이 강아지를 키우는 영화를 보면서 눈물을 흘리는 게 왜 허접한 일인지, 지금은 모르겠다. 치유와 구원이라는 단어를 가벼이 여기는 인간이 스스로 뭘 얼마나 고쳐왔다는 말인가. 고상해질수록 읽는 이를 선별한다. 부모의 생활 수준이 높을수록 자식의 학력도 높다. 그러나 어려운 말은 하나도 가르쳐주지 않는 부모에게 얻어맞고 강간당하고, 제대로 먹지도 못하고 밤거리를 어슬렁대는 아이들을 구원하는 것은.

　책을 좋아했다. 그러나 몇 년을 계속해 써도 도달하지 못할 장소를 지향하고 있다는 감각이 늘 따라다녔다.

　기운이 빠져 천장 대들보를 쳐다봤다. 세월이 밴, 짙은 갈색. 그 틈새에는 거미집. 문자가 왔다. 엄마인가 했는데, 아니었다.

오랜만이지! 한동안 시댁에 가 있다가, 어제 아이랑 돌아왔어. 다음 주 토요일에 동창회 하기로 해서, 시간이 되나 하고.

나는 멍하니 문자를 두 번 읽은 다음, 미안하지만 선약이 있다고 회신을 보냈다.

에미는 같은 대학을 다녔고, 졸업 후에는 광고 기획사에 취직했다. 일하는 분야가 그런대로 가까운 탓에, 전에는 같이 쇼핑도 하고 먹고 마시며 놀기도 했다. 그런데 나는 에미가 결혼을 하고 아이도 낳았다는 기억이 없었다.

눈앞에 있을 때는 신경을 쓰고 상대에게 맞추느라 정신이 없어, 나눴던 말들이 알게 모르게 사라져간다. 대놓고 화를 내는 일은 없었는데, 모두 어느 틈에 없어졌다. 슬펐다. 그러나 생각해보면, 나는 떠나간 친구들을 처음부터 그렇게 좋아하지는 않았는지도 모른다. 그저 우정이 시작되었기 때문에, 그 흐름을 탔을 뿐인지도 모른다.

휴대전화를 방바닥에 내던지자, 에미가 손가락 끝에서 떨어져 나가는 걸 느꼈다. 나의 언어도 이런 식으로 사라져가는 것일까.

날이 저물어 어두운 계단을, 이노마타 씨는 명랑하게 조잘거리면서 올라왔다.

불을 켜자, 늘 그렇듯이 맥주를 마시려 했던 그가 눈을 부릅떴다.

"뭐 하는 거야?"

이노마타 씨가 감정을 죽인 목소리로 물으면서 종이 상자에 손을 쑥 집어넣어, 재단이 끝난 표지를 꺼내 이쪽으로 보이면서 추궁했다.

"왜 잘랐어?"

처음 보는, 정말 화가 난 얼굴로.

그가 표지 그림을 그린 책이었다.

나는 정리를 계속하면서, 일부러 쌀쌀맞게 대답했다.

"그냥. 스캔해서 데이터로 저장하려고."

"……그래서 잘라도 된다고 생각한 거야?"

"내 책이잖아."

"내 책이기도 하잖아."

"그런 말이 아니라, 내 재고라고."

그는 "알았어" 하고는 벽 앞에 쌓여 있는 나의 다른 책을 뽑아내, 재단기 위에 난폭하게 올려놓았다. 순간적으로 신경이 곤두서서 소리쳤다.

"하지 마."

그가 어처구니없다는 듯이 이쪽을 돌아보았다.

"하지 마. 내가 할 거야."

"누가 하든 마찬가지잖아. 어차피 자르는 거."

"다른 사람이 하면, 폭력적인 느낌이 들어."

그렇게 잘라 말하자, 그가 내 어깨를 잡았다. 아플 정도로 강하게 쥐었다.

"이 세상에서 너 혼자만 상처 입었다고 생각하는 거야."

"그런 생각 안 해."

"뭘 안 한다는 거야. 그 누구보다 상처 입은 사람이 나라는 자의식으로 살고 있으면서. 나도 사실은 하고 싶은 말이 많은데, 꾹꾹 참으면서 친절하게 대하는 거라고. 치히로를 좋아하니까, 어쩔 수 없다고 생각해서. 그런데, 이건 너무하잖아. 나를 만나는 시기에, 그 옥신각신했던 남자 편집자를 만나서 난리까지 피우고. 나는 뭐냐고. 너에게 그렇게 의미 없는 존재야?"

아니, 라는 말이 목구멍에 걸렸다. 아니, 아니야, 그렇지 않아. 하지만 지금과 2년 전과 십 몇 년 전의 기억이 나선처럼 뒤엉켜 전할 수가 없었다.

"아니야."

겨우, 대답했다.

"뭐가 아니야. 그럼, 설명해봐."

설명해보라고 하면서 나를 몰아세우는 이노마타 씨의 눈

길 속에 있는 것은 자신을 받아들여달라는 애원뿐이었다.

"나도 애쓰고 있다고. 그래도 말해주지 않으면 모르잖아."

그는 쥐어짜듯이 중얼거렸다.

나는 아무 말 않고 이노마타 씨를 끌어안았다. 그리고 어린아이를 달래는 부모처럼 등을 쓰다듬었다. 이노마타 씨는 놀란 듯이 푹 주저앉았다.

"미안해" 하고 내가 말하자, 그도 떨리는 목소리로 "미안" 하고 말했다.

"미안해, 정말. 마음에 없는 말을 해서."

마음에 없는 말이라도 한번 하고 나면 사라지지 않는다. 하지만 이 사람도 강하지는 않다. 엷은 색채와 경계선이 모호한 그림. 지쳐서, 따로 이불을 펴고 잠들었다.

아침에 부엌에서 세수를 하고 난 이노마타 씨가 목에 수건을 걸친 채로 돌아보며 사과했다.

"어젯밤에는 정말 미안했어."

나는 신경 쓰지 않는 척 고개를 가로저었다.

베이컨 에그가 조금 탔다. 이노마타 씨는 그걸 하얀 쌀밥에 올리고, 간장을 듬뿍 뿌려 먹었다. 노른자가 김과 함께 뭉개졌다. 역시 밥을 먹는 그의 방식은 바람직하다.

나는 소리가 나지 않게 된장국을 먹으면서 중얼거렸다.

"말하면, 되는 거지."

내 말에 이노마타 씨가 얼굴을 들었다.

"어렸을 때, 엄마 가게 손님이었던 이소와 씨라는 남자에게…… 몹쓸 짓을 당했어. 그래서 남자가 폭력적으로 만지면, 아직도 무서워서 복종해야 된다는 기분이 들어."

그의 시선이 오락가락했다. 그리고 미안하다는 듯이 눈을 내리깔았다.

"힘들었겠다."

나는 대꾸하지 않고, 남은 베이컨 에그의 노른자를 후르륵 마셨다.

2층으로 돌아오자, 간 줄만 알았던 이노마타 씨가 바닥에 주저앉아 책을 쳐다보고 있었다.

"그림, 그리고 싶다."

의외여서 되물었다.

"어, 그럼 화구 같은 거 필요해?"

"뭐든 괜찮아. 색연필이든 크레파스든. 그냥 있는 걸로 그릴게."

나는 1층의 할아버지 서재에 가서 찾은 오래된 수채 색연필과 복사 용지 다발을 들고 돌아왔다.

카펫 위에 접이식 테이블을 펼쳐놓는 사이에, 이노마타 씨는 컵에 물을 담아왔다.

"좋은 아이디어가 떠오른 거야?"

"아니, 치히로가 그리라는 거 그릴 거야."

습기를 품지 않은 단호한 말투였다. 가슴이 뭉클해서 대답을 망설였다.

"뭐든 좋아. 나, 뭐든 그릴 수 있으니까. 단, 당신이 좋은 걸로 말해."

그럼, 하고 우물쭈물하면서, 진지함에 진지함으로 답하려 열심히 머리를 굴렸다.

"멋진 거. 늘 그리는 귀엽거나 부드러운 거 말고."

기분 나빠 할까 했는데, 이노마타 씨는 순순히 알았어, 하고 고개를 끄덕였다.

손에 쥔 것이 연필이라 신기하다고 느꼈다. 그의 그림은 대부분 파스텔의 엷은 색감이었으니까. 뾰족하고 검은 연필심이 종이를 스치는 소리. 미끄러지듯, 자르듯 선을 겹쳐 간다. 빠르네, 하고 압도되는 순간, 처음 책을 잘랐을 때처럼 내장이 꿈틀거리는 흥분감이 치밀어 올랐다.

바닥에 앉은 여자의 뒷모습. 검은 머리칼과 약간 기운 머리와 하얀 목덜미. 사방에는 잡다하게 쌓인 책. 검정과 하양의 세계에, 피처럼 원피스 등에만 재빨리 빨간색을 입힌다. 새 종이를 손으로 집었다. 이번에는 쓰러지기 직전의 전통 가옥과 황폐한 마당. 캄캄한 밤하늘에는 하얀 달. 역시 검정과 하양의 세계에 짙은 감색 색연필을 입혀, 어둠에 깊이가 생긴다.

선의 미묘한 부드러움 말고는, 지금까지의 그림과 하나에서부터 열까지 달랐다. 나도 모르게 흥분해서 떠들어댔다.

"우아, 굉장하네. 전혀 달라. 과연 프로다."

이노마타 씨가 동작을 멈추고 "정말?" 하고 되물었다.

"응, 정말 굉장해. 재능이야."

느낀 대로 중얼거리자, 그가 연필을 내려놓았다.

"우리 또 책 같이 만들자. 이런 그림이 좋으면, 이런 그림에 어울리는 얘기를 써서."

그 흐름을 따라 응, 하고 대답할 수 있었다면. 그러나 입을 다물고 말았다. 오늘 아침에는 아직 맥주를 마시지 않았다는 걸 후회하면서.

"나, 당신을 좋아했어. 그런데, 역시 나를 좋아하는 건 아니지?"

고개를 끄덕이지도 내젓지도 못한 채 시간이 흐르기만을 기다렸다.

그가 그림을 둘둘 말아 내밀었다.

"이거 줄게. 당신은 부정하겠지만, 단순한 얘기야. 찌를 정도로 좋아했던 거지, 그 사람을. 그런데 나는, 가끔 만나는 건 좋아도 매일 같이 있기는 성가신 정도."

둘이서 말없이 테이블을 접었다. 뒷정리는 언제든 재미

없고 쓸쓸하다.

그마저 끝나고 나자, 이노마타 씨는 가방을 어깨에 비스듬히 메고 슬렁슬렁 현관으로 나갔다. 그 등에, 지금이라도 좋아한다고 말해줬으면 하는 기척이 떠다녔다.

그가 돌아보았을 때 맥없이 웃는 얼굴을 받아들일 수 없는 죄책감이 밀려와, 아침의 마법이 풀리고 말았다는 걸 깨달았다.

현관문이 닫히자, 나는 그 자리에 주저앉았다. 오늘도 비난하듯 매미가 시끄럽게 울어댔다.

선술집 방에 무릎 꿇고 앉은 나는, 위 속에서 토해내듯 절박하게 말했다.

"이제…… 앞으로는 후요샤와 절대 일할 수 없어요."

시바타 씨는 시큰둥한 표정으로, 담배를 재떨이에 내려놓지 않은 채 대답했다.

"알겠습니다. 그럼, 언젠가 또 인연이 닿으면."

그렇게 얘기가 끝난 줄 알았다. 내가 고개를 숙이자, 뜻밖에도 그가 또 입을 열었다.

"괜찮으면, 이유를 듣고 싶은데요."

앞이 어질어질했다. 처음으로, 그 끈적거리고 미심쩍은 목소리를 엄숙하게 느꼈다.

"……나, 줄곧, 이 사람은 뭘 원하는 걸까 하고 생각했어요. 그래서 처음 만났을 때부터 지금까지의 일을 죽 생각하면서 정리하다가."

말하기 시작했더니, 체온이 점점 내려갔다. 갑자기 정신이 깨는 듯했다.

"이 사람, 애당초부터 계산하고 있었던 게 아닐까 하는 생각이 들었어요."

시바타 씨가 천천히 턱을 괴고는, 감정을 숨긴 채 고개를 끄덕거렸다.

"아하, 그랬군요. 처음부터 내 행동이 가야노 씨를 혼란스럽게 만든 것은 미안하게 생각하지만. 다만 뭘 하고 싶었느냐, 그걸 묻는다면 어쩌다 보니 그랬다고밖에 할 말이 없습니다."

"거짓말."

생각했던 것보다 확실하게 목소리가 나왔다. 피차 약간 놀란 것처럼 눈이 마주쳤다.

"거짓말이에요. 시바타 씨는 나를 시험하는 행동을 하면서, 내가 다가가면 반드시 뒤로 물러나거나 무시하잖아요. 취해서 뭐가 뭔지 모르면 더 흔들릴 테고…… 솔직히 말해서 하고 싶은 것도 아니잖아요. 어떻게 하면 사람이 상처를 입고 끌려오는지, 다 알면서 하고 있어요. 그러면서 감당할 수 없어서 도망치는 건, 같이 일하는 사이도 아니고 정상적인 인간관계도 아니에요."

얘기하는 도중에, 그가 참지 못하겠다는 듯이 웃음을 터뜨렸다. 본성이 보여 신기하게도 안도했다. 기대하지 않으면 상처 입는 일도 없다는 걸 깨달았다.

그는 담배에 불을 붙이고, 살짝 연기를 뺀 후에 담담하게 말했다.

"솔직히 말해서 나, 성욕도 별로 없고, 여자를 진심으로 좋아한 적도 없어요. 집착도 없고 말이죠. 하지만, 그런 말은 다른 여자에게서도 늘 들었던 말이라 새삼스럽게 가야노 씨가 지적해봐야 의외랄 것도 없습니다."

무슨 소리야, 하고 마음속으로 중얼거렸다. 관계없잖아. 자기 얘기를 하는 척, 너를 좋아하지도 않고 집착도 없다, 성욕도 느끼지 않는다. 그런 가시 돋친 말. 하지만 그런 건 벌써부터 알고 있었다.

그의 표정이 어색하다는 걸 눈치챘다. 한쪽만 파들파들 떠는 버릇이, 갑자기 확연하게 자주 나타났다. 이 사람도 부서졌네, 하고 생각했다.

"시바타 씨의 성욕이든 집착이든, 나는 관심 없어요. 다만 이제 신뢰 관계가 무너졌으니 더 이상 일은 할 수 없습니다."

"그래요. 알겠습니다."

그가 똑같은 톤으로 말했다.

불쑥, 강렬한 분노와 허망함이 밀려 올라왔다.

"뭐든 한 가지라도 믿을 수 있는 게 있으면, 그걸로 충분했는데."

그는 아무 말이 없다. 배를 타고 천천히 포구를 떠나가는 것처럼 보고 있었다.

"자기 쪽에서 느닷없이 다가왔으면서, 상대가 다가가면 거부하는 것은 세뇌와 다름없어요."

그때 시바타 씨가 눈을 찡그리고 입으로만 웃고는, 이쪽을 내려다보면서 되물었다.

"내가 가야노 씨를 거부했던가요?"

경사가 급한 계단에 줄지은, 헤아릴 수 없이 많은 붉은 기둥으로 바람이 불었다.

바람이 그쳐 숨을 몰아쉬었다. 등에서는 오히려 땀이 식기 시작했다. 마주 잡은, 주름이 자글자글한 손이 뜨거웠다.

니시야부 씨는 한쪽 다리를 천천히 들어 올리면서 힘겹게 계단을 올랐다.

"정말 미안해요. 아는 사람의 손자가 이 신사의 부적을 꼭 갖고 싶다고 해서. 다리가 안 좋은 내가, 이런 돌계단을 혼자 어떻게 올라가겠어."

나는 "마침 한가한 때라서" 하고 느긋하게 대답했다. 울창한 숲에 해묵은 빨간 기둥이 무척이나 잘 어울렸다. 아담한 신사에는 크고 작은 여우 상이 여기저기 서 있었다.

사무소 창구에서 노인이 얼굴을 내밀자, 니시야부 씨는 살갑게 인사했다.

"그래, 그래. 이 여우 부적. 하는 일에도, 연애에도 효과가 있다네. 그 아가씨가 파견 사원이었는데, 지난달에 계약 기간이 끝났대, 결혼도 아직 안 했고. 그러니 불안하겠지."

그렇게 말하는 말투에서 여유마저 느껴져, 나는 동성 사이에 나이와 무관하게 존재하는 지닌 자와 지니지 못한 자의 골을 생각했다.

옅은 크림색 여우는 의외로 얼굴이 귀여웠다. 콩, 하고 기침을 하듯 금방이라도 울 것 같다. 빨간 줄을 잡고 딸랑, 방울을 울려보고는 나도 하나 샀다.

니시야부 씨는 오늘도 예쁜 면 블라우스를 입었고, 보라색 천연석 목걸이를 하고 있다. 산에서 바람이 불어오자 눈을 찌푸리고는, 그렇게 상쾌하지는 않다는 듯이 투덜거리며 숄을 다시 감았다.

"8월이라도 하순 바람이라 그런지 무릎이 쑤시네."

아닌 게 아니라 산속은 공기가 써늘하다.

벤치에 앉자, 물통을 꺼내서 시원한 차를 따라주었다.

또 맛없으면 어쩌지, 하면서 조심조심 입에 머금었더니 현미의 구수한 향이 풍겼다.

"정말 미안해요. 사실은 점심이라도 같이 먹고 싶은데, 내가 외식을 별로 좋아하지 않아서."

"아니에요, 괜찮아요."

경계하면서 단호하게 거절했다.

"나, 깍쟁이 아니야."

니시야부 씨는 무슨 오해를 했는지, 그렇게 대꾸했다.

"내가 가다랑어 맛을 싫어해. 그런데 일식에는 거의 들어 가잖아. 그래서 간혹 양식을 먹으러 가는데, 나이를 먹으니 까 양식도 잘 넘어가지 않아서."

가다랑어, 하고 중얼거렸다. 그래서 국물 맛이 없었던 거 였나.

"고차야키라고 아실까?"

니시야부 씨가 주름은 자글거려도 의외로 요염한 눈을 반짝거리며 물었다. 나는 고개를 저었다.

"옛날에는 축제날 포장마차에서 팔았어. 오코노미야키 하고 몬자야키의 중간 정도라고 보면 돼. 이것저것 섞어서 살짝 구워 먹는 거야. 지금 생각해보면, 오코노미야키보다 싸게 먹히고 금방 만들 수 있어서 팔았던 거겠지. 그래도 의외로 인기가 있었어. 위에다 튀김 부스러기랑 소스를 끼얹고 가다랑어포를 뿌렸지."

"어떻게 생겼을지, 상상이 되네요."

나는 맞장구를 쳤다.

바람이 불어왔지만, 니시야부 씨는 얘기에 집중하고 있는 탓인지 춥다는 몸짓을 보이지 않았다.

"매달 1일에 신사에서 축제를 할 때마다, 고차야키를 파는 포장마차가 왔어. 우리 어머니가, 그걸 만드는 젊은 남자를 좋아했지 뭐야. 언제나 내 손을 잡고 고차야키 먹으러 가자고 했지. 그 젊은이는 우리가 가면, 서비스라면서 소스도 듬뿍 가다랑어포도 듬뿍, 질릴 만큼 뿌려줬어. 그런데 그게 조금도 맛이 없는 거야. 입이 짧은 나는 그냥 가다랑어 맛만 나는 진흙 같았어. 좋아하는 어머니와, 좋아하는 게 당연하다는 표정의 젊은이 사이에 껴서 꾸역꾸역 먹었지. 그렇다 보니까, 내가 친구랑 가도 나한테만 서비스를 해줬어. 사정을 모르는 친구들이 얼마나 시샘을 했는지 몰라. 그 젊은이가 가끔 포장마차 뒤에서 내 손을 잡기도 했지. 그래서, 알았어. 이 젊은 사람은 어머니가 아니라 나를 좋아한다고 말이야. 그리고 어느 날, 축제 구경을 하고 돌아왔더니, 현관에 나온 어머니가 쌀쌀맞게, 이제 거기 가서 고차야키 사먹지 말라는 거야. 그 말투가 어째 그 젊은

이를 이제 포기했다기보다 나를 밀쳐내는 것 같아서 기분이 아주 나빴어. 나, 그런 일이 많았어. 남자야 그저 천진할 뿐이지만, 여자끼리는 다 알면서도 도와주지 않잖아. 정말, 이래저래 고생이 많았어."

숲의 나무들은 농염이 서로 다른 초록색이었다. 푸른 기가 도는 것에서부터 엷은 연두색까지. 그 그러데이션을 가만히 바라보고 있는데, 니시야부 씨가 물통을 집어넣고 일어서더니 나를 따라서 돌계단을 내려가기 시작했다.

올라올 때보다 내려갈 때 더 조심조심 돌계단을 밟았다. 빨간 기둥의 터널 너머로 가마쿠라 거리가 펼쳐져 있었다. 원근감이 사라지고, 기분이 아득해진다. 나뭇가지를 밟았다. 부러지는 소리가 났다.

"정말 여자는, 득을 보는 것 같으면서 실제로는 손해를 보는 일이 있잖아. 득을 보는 여자는, 실제로는 꽤나 손해를 보고 있는 법이지."

나는 말을 살짝 삼켰다가 입을 열었다.

"정말 그렇죠."

그 동의의 말을 니시야부 씨는 들었는지 못 들었는지 엉뚱한 소리를 했다.

"역시 점심을 먹고 갈까. 피곤하기도 하고. 계란을 아주 예쁘게 구워주는 양식집이 있어."

그러고는 자신의 그림자를 밟듯이 한쪽 다리를 한 칸 낮은 곳으로 내렸다.

반년 만에 시바타 씨를 만났던 밤에도, 역시 비가 내렸다.

때가 지나 공중 분해된 채 그대로 있는 불쾌함을 먼저 터뜨린 것은 나였다. 시간을 두었으니, 이번에야말로 제대로 대화를 나눠 모든 것을 정상적인 형태로 되돌려놓을 수 있지 않을까 하고 근거 없는 기대를 품었다.

가게 안에 들어온 시바타 씨는, 아무 일도 없었던 것처럼 웃으면서 옆자리에 앉았다.

"가야노 씨, 정말 오랜만이죠."

지속적으로 일을 함께했으면 몰라도, 담당 편집자의 얼굴을 반년 만에 보는 게 그렇게 오랜만인 것은 아니지만, 나는 반사적으로 고개를 끄덕이고 말았다.

처음에는 조심스럽게 서로 근황 보고를 하듯 얘기를 나눴는데, 점차 외출복을 훌훌 벗어던지듯 말투가 풀어지고 피차 취하다 못해 마지막에는 1년 전과 똑같이 손을 잡고 밤길을 걷고 있었다.

그쳐가던 비가 다시 한 방울 두 방울 뚝뚝 떨어지기 시작해 서둘러 택시를 잡으러 돌아가려는데, 그가 갑자기 껴안았다.

"너, 무슨 일 있으면 바로 연락해도 돼. 내가 바쁘기는 하지만, 그래서 오늘처럼 달려올 수 없을지도 모르지만, 이틀 후가 될지도 모르지만, 아무튼 반드시 달려올 테니까."

코트 너머로 전해지는 체온을 느끼면서, 무슨 소린가 싶어 핏기가 가셨다. 대체 무슨 소리야, 제정신이야. 말은 그렇게 하면서도 결국은 책임지지 못하고 도망치는 주제에. 그렇게 필요하지도 않은 걸 잔뜩 모아들여 어쩌려고, 좋아하지도 않으면서 만지지 말라고 거부하면 되었다.

그러나, 그러면 끝나고 만다.

부둥켜안은 채 택시 승차장까지 이동했다. 걸음을 내디딜 때마다 질척한 흙탕에 발이 휘감기는 것 같았다.

그리고 또, 이런저런 빌미를 붙여 만나게 된다.

오해하지 않도록, 동요하지 않도록. 계속 그 반복이었다. 그런데도.

"나는 뭐 접대나 미팅 때문이 아니라, 개인적으로 만난다는 생각이었는데."

"이 곡 알아? 내 대답."

애간장이 타는 듯한 연애 노래를 가르쳐주면, 그럴 때마다 뇌가 조금씩 타들어간다. 언 마음으로 좌선을 하듯 꼼짝하지 않고서 유사 연애 같은 말과 접촉을 받아들였지만.

"내일 출장이라서 역시 가봐야겠습니다."

그런 말로 도중에 만남을 불쑥 끝내고 도망치듯 사라지면 균형 따위는 쉽게 무너진다.

새벽에 늘 가위에 눌려 눈을 떴다. 그리고 멍하니 천장을 쳐다보며 생각한다. 하느님, 이 모두가 나의 장대한 착각이었나요.

잘못된 것을 믿었다. 소통하는 방식도, 상대와의 관계도. 나는 계속 잘못해왔다. 처음부터.

"나는 치히로를 구원해주고 싶었을 뿐이야."

열세 살 시절의 조용한 봄날 오후, 같이 올라가자고 해서 올라갔던 방에서 생긴 일이 지금도 어제 일처럼 떠오른다.

처음에는 장난이라 여겨 거부했던 것. 갑자기 호령하는 듯한 남자의 목소리로 "됐으니까 따라와" 했던 것.

이불에서 기어 나온 이소와 씨가 갑자기 부드러운 목소리로 했던 말도.

"아직 어린애니까, 여기까지만 해두지. 알았어? 대답은?"

강요당했다고는 생각지 않았다. 그때는, 모든 것이 자신의 의지에 따른 것이었다고 생각했다.

"좀 더 매력적인 여자로 성장하면 마지막까지 할 테니까. 알았지."

그 말을 듣고서야 비로소 그런 의미로 이어지는 행위였

다는 것을 깨달았다. 내가 매력적인 여자가 아니라서 마지막까지 하지 않았다는 자각과 함께.

"그리고, 무슨 오해가 생길 때를 대비해서 종이에 써. 나는 이소와 씨를 좋아했기 때문에 그렇게 하고 싶었습니다, 그렇게. 자, 여기, 종이 있으니까."

돌아세우듯이 그렇게 말해서, 방에 널려 있는 전단지 뒤에다 글자를 썼다. 난잡하게 널린 신문 전단지가 떠오르면 이상하게 그전에 있었던 행위보다 더 구역질이 올라왔다.

그 관계는 글만 써서는 밥벌이가 안 되었던 그가 고향으로 내려갈 때까지, 반년 정도 계속되었다. 방으로 불려가는 일도 있었고, 가게로 놀러 온 길에 집에 멋대로 들어와 그런 일도 있었다. 사람들 앞에서는 호방한 손님의 얼굴을 하고서.

안전한 장소는 어디에도 없었다.

그 무렵, 손님이 돌아갈 때가 되면 엄마와 나는 가게 앞까지 나가서 배웅했다. 엄마가 가게 안으로 돌아가 방음 문이 닫힌 후에도, 나는 길에 서서 밤의 저편을 보고 있었다. 순환도로 너머로 획획 흘러가는 헤드라이트. 위험과 구원의 구별 따위는 없었다. 누구도 가르쳐주지 않았으니까.

어두컴컴한 주택가 사잇길을 시바타 씨 손에 끌려 걸었

다. 달빛이 한없이 오른쪽 볼을 비추고 있었다. 시바타 씨의 그림자는 가늘고 길었다.

"시바타 씨."

"뭐지?"

"……정말 누가 되었다면 말해주세요."

"전혀 그렇지 않아."

"그래도, 내가 연락하지 않으면 만나러 오지 않을 거잖아요."

"나는 한가한 사람이 아니야. 만나고 싶지 않은데 왜 만나러 오겠어."

생각이 나서 "아까" 하고 말을 꺼냈다. 술집의 에스컬레이터 안에서 안으며 "너 너무 말랐다, 더 먹어" 하고 충고했던 말.

"나더러 말랐다고 했는데, 시바타 씨도 충분히 그래요. 바쁜 거 아닌가요?"

"나는, 이제 괜찮아."

괜찮다니, 하고 나는 어쩔 줄 몰라 중얼거렸다.

"원고는 어떻게 하면 되죠?"

"원고 얘기도, 이제 됐어. 언제까지 그 출판사 사람으로 있을지 모르니까."

"네?"

동요한 내게, 시바타 씨는 퍼뜩 정신을 차린 듯 설명했다.

"아니…… 뭐, 이제 얘기해도 되겠지. 나, 회사 그만둘 거예요. 다음 달에. 건강도 좋지 않고, 여러 가지로 힘든 일이 많아서. 갑자기 결정한 일이라서, 뭐라 말을 꺼내면 좋을지 몰랐는데. 인수인계는, 날을 봐서 이쪽에서 연락하죠."

시야가 사라진 것처럼 얼이 빠졌다. 아무 말도 나오지 않았다.

시바타 씨는 잡은 손을 흔들면서 내던지듯 말했다.

"죽어버릴까."

놀라서 반사적으로 말했다.

"죽지 말아요."

"착하네, 가야노 씨."

"시바타 씨, 일 그만두면 더는 못 만나겠네요."

그렇게 중얼거리자, 시바타 씨가 겨우 걸음을 멈췄다.

가로등이 바로 머리 위에 있어서, 표정이 어둡다. 겁이 나서 긴장했다. 애틋함은 역겨움에 가깝고, 조금 전에 둘이서 비운 화이트 와인이 목구멍까지 치밀어 올라왔다. 바람이 흐르는 소리만 들렸다.

"나는 가야노 씨를 좋아하니까, 일을 그만둬도 만나고 싶습니다."

그 순간, 머릿속이 새하얘지고 말았다. 기쁘지 않았다.

116

앞으로는 좋아한다는 말이 아무런 의미를 지니지 않게 되리란 걸 깨달았다.

잠자코 있자, 시바타 씨가 다시 한 번 말했다.

"나는 가야노 씨를 좋아하니까, 일을 그만둬도 만나고 싶어요."

눈을 감는다. 입술 사이로 떨리는 숨이 흘러나왔다. 공포인지 흥분인지 절망인지 분별하지 못한 채, 떠밀리듯 단숨에 말했다.

"나도 시바타 씨를 좋아하니까, 만나고 싶어요."

그리고 얼굴을 들었다.

시바타 씨는 어이없다는 듯이 웃고 있었다.

그리고 손을 놓았다.

아파트의 어두운 방에서 혼자가 되어, 여느 때처럼 풀이 죽어 대답을 찾다가 깨달았다. 죽지 말라는 말이 그의 귀에 닿지 않는다면 나도 죽겠다고 말하면 좋지 않았을까.

밤중에 베란다에 나가, 차가운 난간을 잡고 몇 시간이나 저 아래 지면을 내려다보았다. 그러나 내가 왜 죽어야 하는지, 그건 조금도 알 수 없었다. 힘이 빠져서 그 자리에 주저앉았다.

그리고 한동안 기다렸지만, 인수인계에 관한 연락은 없었다. 다른 장소에서 살아가는 남남이 되는 상상을 했더니 언젠가의 녹음이 떠올라 무서웠지만, 내가 할 수 있는 일은 없었다. 얼굴만 보지 않으면, 시간만 흐르면 잊힐 것이라고 생각했다. 그날 밤 파티가 있기 전까지는.

떨어지는 폭포수 소리처럼 매미가 울어댔다. 해거름 속에서. 그림자가 형태를 잃고, 초침이 움직이듯 달이 하늘로 올라간다.

툇마루에서 일어나, 식탁 앞에 앉아 노트북을 펼치자 메일이 와 있었다. 오래전부터 신세 지고 있는 시라카와쇼보 출판사의 편집자였다.

선배 작가의 40주년 기념 파티를 알리는 엽서에 출결 회신을 보내지 않았다. 어려울지도 모르겠지만, 선생님도 가야노 씨를 걱정하고 계신다고, 조심스럽게 쓰여 있었다. 도무지 사람을 만날 기분이 아니라, 가마쿠라에 있다고 전했다.

회신이 바로 왔다. 파티장 근처에 호텔을 잡아드릴 수도 있습니다, 하는 배려까지 곁들여서.

할 수 없지, 하고 혼자 중얼거렸다. 언제까지 고치 안에 웅크리고 있을 수는 없으니까.

입고 갈 옷이나 있을까 싶어 벽장 속 기억을 더듬으면서 부엌으로 갔다.

쌀을 박박 씻었다. 물집이 가득 잡힌 손바닥이 쓸려서 조금 아팠지만, 시원한 물은 상쾌했다.

오모테산도 교차로에서 올려다본 하늘이 칙칙해서, 가마쿠라의 선명함이 벌써 그리웠다.

하얀 레이스 블라우스에 어중간한 길이의 치마는 해변 거리를 걸을 때는 그 풍경에 잘 스며들더니 지금은 촌스럽게 느껴졌다.

의연한 표정으로 지나가는 여자들의 반짝거리는 최신 명품 백이 무슨 무기처럼 보였다. 어디서든 늘, 무언가와 전투를 벌이지 않으면 안 된다.

유리창 너머로 정원이 내다보이는 전통 카페의 느릅나무 테이블이 하얗게 눈부셨다. 구석 자리에서 책을 읽고 있는 폴로셔츠 차림의 교수는, 역시나 신기하게 눈에 띄었다.

"오랜만이에요."

바로 앞에 서서 머리를 숙이자, 교수는 책에서 얼굴을 들고 맞은편 자리를 권하며 말했다.

"좀 탔나 보군. 앉아요."

자리에 앉자, 준비해왔는데도 말이 잘 나오지 않아 멍하니 침묵하고 있었다.

"반년 만인가. 궁금했는데, 먼저 연락을 줘서 고마워. 잘 지냈나?"

교수의 말에 이끌려 먼저 털어놓았다.

"교수님. 저, 참을 수가 없었어요."

그가 순간적으로 동정하는 눈빛을 보이고는 물었다.

"무슨 일, 있었어?"

"전에 상담했던, 담당 편집자를 찌르려고 했어요."

"찌르려고 했다? 어떻게?"

"파티장에 있는 포크로. 전혀 다치지도 않았고, 일이 크게 확대되지도 않았지만. 그래도."

"그 말은, 일이 크게 확대되지 않았다면 화해하고 끝냈다는 뜻인가?"

"시바타 씨와는 아무 얘기도 하지 않았어요. 그쪽 회사 사람들이 찾아와서, 두 번 다시 시바타 씨를 만나지 않는다는 조건으로."

"만나고 안 만나고를 떠나서, 애당초 그쪽에서 문제를 일으킨 거잖아."

나는 입을 다물었다. 교수는 두 팔을 테이블에 내려놓고 물었다.

"달리 질문하지. 왜 그런 짓을 한 거지? 조금이라도 다치게 하고 싶었던 건가?"

나는 바로 아니라고 대답했다.

"모순되지만, 다치게 하고 싶지는 않았어요."

"그럼, 왜 그랬다고 생각하지?"

눈을 꼭 감자, 목구멍 속에서 쥐어짜고 남은 찌꺼기 같은 목소리가 새어나왔다.

"너무하다고 생각했어요."

"뭐가?"

그렇잖아요, 하고 말을 잇자 목소리가 떨렸다. 자신의 얼굴이 가면처럼 표정을 잃어가는 걸 느꼈다.

"……그러니까 내가 뭐 때문에 그렇게 참고, 입 다물고 비밀을 지키고, 상대의 뜻대로 했는지 의미가 없어지니까."

"그렇지. 애당초, 의미가 없었어."

"교수님?"

나도 모르게 자신 없는 목소리가 나왔다.

"의미는 없었어. 가야노 씨는 참아왔지만, 아무 의미가 없었어. 벌써 다 잊었다고. 저지른 쪽은."

"정말, 아무 의미도 없을까요?"

없지, 하고 교수는 단언했다.

"가야노 씨가 꼭 지켜야 한다고 믿어서 짊어진 건 다 불필요한 것이었어. 진정한 자신을 죽이고 정체 모를 불쾌함만 남기고 사라졌다, 아니야?"

그렇다고 말하고 싶지 않다. 어떤 의미와 가치가 있었다고 생각하고 싶다. 그러나 사실은 알고 있다. 다른 일도 다 불합리했다. 하지만 시바타 씨, 그것만은 정말 너무했다.

회사 그만뒀다고 하면 되잖아요.

그 방법은, 내가 가르쳐준 것이었다.
"한 번 죽은 기분이에요."
깊이 생각하지 않은 채, 그렇게 말했다.
"그렇군. 그렇다면, 다시 태어나자고."
교수의 부드러운 말투에 나는 멍하니 그 눈을 쳐다보았다.
"한 인간으로. 누군가에게 빙의된 그릇이 아니라."
"태어나고 싶지, 않았어요."
간신히 말했다.
"어렸을 때, 취한 손님이 동의하에 그러는 것처럼 하고서, 어린 내게 성욕을 드러내고, 약함을 이용해서 지배욕을 채우고. 아버지조차, 딸이 아니라 그냥 여자처럼 나를 대했어요. 엄마는 그런 걸 모르고, 남자 때문에 위험한 일을 당해도 내가 분명하게 거절하지 않아서 그런 거니까 자업자득이라고."
"심하군."
"엄마도 필사적이었다고는 생각해요. 태연한 척했지만,

실제로는 자존심도 그렇고 생활도 그렇고, 지켜야 할 것이 너무 많았으니까요. 지금도 미안하다는 생각이 있으니까, 일방적으로 굳이 세게 말하고 나한테서 도망치는 거죠."

"음, 어린 너와는 관계없는 사정이지. 어머니가 정상적으로 손님을 대하고 푸근한 공간을 제공했더라면, 그런 남자들이 없어도 가게는 돌아가니까. 실제로 가야노 씨가 없는 지금도, 어머니는 지금까지 하던 대로 가게를 하고 있잖아. 그러니까 강판으로 몸을 가는 듯한 헌신은 이제 그만둬야 해."

나는 멍하니 맞장구를 치면서 벽시계를 보았다. 교수는 오후에 강의가 있다고 했다.

"이제 슬슬 가봐야겠군."

내가 고개를 끄덕이자, 교수는 복습을 시키듯 말했다.

"누구에게도 자신을 넘겨주지 말 것. 선별하거나 부정한다는 감각을 품게 하는 상대는, 나에게 대등한 존재가 아니야. 자신이 느끼기에 정말 좋은 것만 취할 것."

나는 짧게 고개를 끄덕였다가 다시 깊이 숙였다.

가마쿠라에 돌아왔을 때는 이미 밤이었다.

어두운 부엌에서, 음성 녹음을 재생했다. 그때 떨리는 손으로 부적이라도 되듯 낚아챘던 은색 기계에서 악몽 같은 대화가 흘러나왔다.

미안하다고 사과하는 목소리. 섹스가 어떻다느니, 이쪽으로 오라고 반복하는 목소리. 이름을 부르면서 명령하고, 목소리가 거칠어지는 장면도.

시바타 씨와의 일을 편지에 써서, 겹겹이 포장한 녹음기와 함께 종이봉투에 넣었다. 이런 방법은 알고 싶지 않았다. 무방비함이 어리석음이라면, 나는 멍청해서 다행이다. 하지만 모든 것을 알고 나면, 알기 전으로는 돌아갈 수 없다.

종이봉투를 우편으로 보낸 지 이틀 후에, 시바타 씨의 상사에게 메일이 왔다.

더없는 실례를 범했다, 근일 중에 회사 차원에서 정식으로 사과하도록 하겠다, 하는 내용이었다. 시바타가 두 번 다시 연락하지 못하도록 하겠다는 확약도. 그러나 어차피 시바타 씨가 연락하는 일은 없을 것이다. 그는 그런 사람이다.

나는 노트북을 덮었다.

목욕을 하고 선풍기 앞에 앉아, 풀벌레 소리 나는 마당을 바라보았다. 바람이 유난히 시원했다. 밖에서 불어오는 탓이라는 걸 좀 지나서야 알았다.

울음이 나올 것 같은데, 감정은 죽어 있었다. 정말 그렇네, 하고 입속으로 중얼거렸다. 교수의 말이 옳았다. 아무 의미도 없다. 그 방대한 인내와 혼란도. 원했던, 그 이상도

이하도 아니었다.

해 질 녘의 궁은 어둠 속에 가라앉았고, 호텔의 불빛만 떠 있었다.

정면 현관에 줄지은 택시의 불빛마저 멀리서는 아름답게 느껴지더니, 가까워질수록 심장이 쿵쿵 뛰면서 속이 약간 울렁거렸다.

천장이 높은 호텔 로비는 소파에 느긋하게 앉아 있는 사람들로 북적거렸다. 나는 구석 의자에 앉아 가만히 숨을 죽이고 있었다. 여름 내내 집에 틀어박혀 책만 재단했는데, 손등은 예년의 여름보다 까맣게 탔다.

휴대전화로 시간을 확인하고 얼굴을 들었을 때, 입구에서 다가오는 남자가 보였다.

짧고 단정하게 손질한 머리와 밝은 색 재킷을 걸친 모습을 보고, 온몸에서 힘이 빠져나갔다.

"치히로. 미안, 많이 기다렸어?"

눈앞에 선 이노마타 씨를 향해, 나는 고개를 저었다.

"정말 미안해. 같이 오자고 해서."

"괜찮아. 내 그림도, 딱 한 권이지만 문고본에 사용되었고. 그리고 궁금한 것도 있었고."

이노마타 씨가 진지한 표정으로 말해서, 나는 묘한 기운을 느끼고 아무 말 하지 않았다.

"나, 그 후에 엄청 고민하다가…… 치히로네 집에다 전화를 걸었어. 정확히는 어머니 술집에."

"전화번호를 어떻게 알고?"

나는 어이가 없어서 물었다.

"구글에서 검색해보니까 휴대전화 번호 나오던데."

그가 아무렇지 않은 목소리로 말했다.

"치히로가 말했던 이소와 씨란 인간이 어디 사는지 알고 싶어서. 실마리라도 있으면 찾아내서 한 대 갈겨주려고 했어."

마지막 한마디는, 일방적인 배려였는데도 가슴이 뭉클했다.

"그런데, 어머니 말씀이 이소와라는 손님은 없었다는 거야. 구니와케라는 글 쓰는 손님이 있었지만, 젊고 상큼하게 생겨서, 치히로 네가 유일하게 잘 따르고 러브레터까지 건넨 적이 있다고 하면서."

이노마타 씨는 난처했다는 듯이 눈을 껌벅거렸다.

"대체 어떻게 된 거야? 나, 의미를 모르겠어. 누구와 무슨 일이 있었던 거야, 응?"

나는 짧게 숨을 내쉬고서 말했다.

"안 가르쳐줄 거야."

"안 가르쳐준다고?"

그는 진짜 모르겠다면서 고개를 저었다. 확실하게 가르쳐달라는 눈빛이다. 나는 불현듯 안도했다. 그는 아직 나를 좋아하고 있는 것이다.

"왜 그런 얘기를 했어?"

"……이유나 사연을 원하는 것 같아서."

"그래서 거짓말했다는 거야? 사실을 알고 싶다고, 나는."

이노마타 씨가 이번에야말로 확실하게 애원했다. 나는 "글쎄" 하면서 고개를 기울였다.

"전부 거짓말이었던 거야?"

억지로 웃는 바람에, 눈물이 흘러나왔다. 하염없이 흘러, 눈앞에 선 남자가 순간적으로 멀어졌다. 아니다, 눈앞의 남자만 그런 게 아니다. 남자는 언제든 멀다. 멀어서 만지는 걸 허락하고 만다. 그러나 정말 되찾고 싶은 것은 과거에만 있다.

"과거는 어차피 알 수 없는 거잖아. 어쩌면 나는 옛날에 강간을 당했을지도 모르고, 그냥 구니와케 씨라는 사람에게 차여서 자존심이 상한 바람에 남자를 무서워하게 되었을 뿐인지도 모르고. 하지만 그런 건, 이제 아무도 확인할 수 없어. 그래서 어쩔 건데? 끔찍한 과거가 있었는지, 거짓 트라우마로 관심을 끌려는 딱한 여자인지, 아무 일도 없었는지, 있었는지. 전혀 달라. 그런데도 나를 좋아해?"

"그래도 좋아해. 이제 그만 믿어줘."

이노마타 씨는 울상을 지으며 대답했다.

"나, 솔직히 어느 쪽이든 상관없어. 치히로만 있으면."

거의 쥐어짜는 목소리였다.

입구에서 파티장까지 가는 길이 꽤나 길게 느껴졌다.

양복을 빼입은 남자들과 화려한 드레스 차림의 호스티스 역할을 하는 여자들이 섞여 있는 가운데, 더러 아는 얼굴도 있었다.

나는 와인 잔을 한 손에 들고 벽에 기댔다. 어디를 돌아보나 시바타 씨는 없었다. 눈이 마주치면 당연하다는 듯 웃는 얼굴로 눈인사를 하는 사람들뿐이었다.

화이트 와인을 한 모금 마셨다. 술이 아주 세져서, 취하는 일은 없다. 다만 위가 따끈해질 뿐.

"뭐, 먹을래?"

이노마타 씨가 사근사근 물어와 고개를 내저었다.

"나는 배가 고파서, 뭐 좀 가져올게."

그리고 내 옆을 떠나갔다.

재킷을 입은 등 너머로, 음식이 담긴 쟁반이 빛났다. 하얗고 청결한 식탁보. 은색 스푼과 포크, 나이프. 그런 걸 손에 쥐고 휘둘렀던 자신이 아득하게 멀다. 지금은 밤바다처럼 고요해서, 기도하듯이 고개를 숙이고 눈을 감는다. 나는 혼자 남겨진 게 아니다. 하물며 뭐 하나 잘못한 것도 없다.

그런데도 딱 한 번 시바타 씨에게 마음을 열었던 밤이 되살아났다. 개그 같다고 생각했다. 그 사람은 이렇게 말했다.

내 말만큼은 의심하지 마, 하고.

그리고 가장 믿지 못할 것을, 나는 믿었다.

술기운이 꽤나 오른 다음에 선배 작가에게 인사하러 갔다. 이노마타 씨는 일이 있어 먼저 돌아가겠다고 해서, 나만 2차까지 남았다. 아무 일도 없었던 것처럼 사람들은 친절하고, 파티는 온화하게 이어졌다. 막차 시간 때문에 먼저 실례하기로 했다.

술집 계단을 올라 긴자 거리로 나가자, 미지근한 공기가 고여 있는 거리의 불빛에 눈이 아팠다. 가마쿠라의 어둠에 완전히 익숙해졌다는 걸 실감하면서도, 여름이 끝날 무렵에는 집에 돌아갈 것이라고 생각했다.

엄마는 끝까지 다 재단하기가 귀찮아, 보나마나 집과 함께 대부분의 책을 팔아넘기리라. 어쩌면 100년 후에는 종이책 같은 건 한 권도 남아 있지 않을지 모른다.

결국 마지막에 말이 남는 곳은 사람의 마음속, 그리고 그것도 언젠가는 사라진다. 먼 옛날, 이소와 씨라는 남자가 있었고, 나는 큰 상처를 입었다. 그러나 아무도 모른다. 정말 있었던 일인지 아닌지조차, 사실은 분명하지 않다.

얽매일 일 따위 이미 없었다는 걸 깨달았다.

여름의 끝에 할아버지 집이 팔렸다.

엄마가 어차피 일도 쉬고 있는데 가게 일을 도와줬으면 좋겠다고 했지만, 나는 바로 거절했다.

매미 울음소리가 요란한 오후에, 인부들이 찾아와 좁은 골목 한가운데를 가로막듯 서 있던 가드레일을 철거했다. 쇠가 깨지는 소리가 뇌까지 관통했다.

태양은 하늘 꼭대기에 있었지만, 여름이 시작될 때보다는 강렬하지 않아 숨쉬기가 한결 편했다. 여름 풀이 흔들리며, 때로 샌들 신은 발을 찔렀다.

작업복 차림의 노란 머리 남자가 시끄럽게 해서 죄송합니다, 하며 머리를 숙였다. 나이가 나보다 한참 아래로 보인다.

이제 곧 그 무서웠던 남자들의 나이를 넘어선다.

하지만 진정한 나는, 이 여름에 갓 태어난 듯하다.

가 을 의 여 우 비

나란히 카펫에 앉아 책을 자르다 눈길이 마주쳤다.
서로 망설인 후에, 그쪽에서 키스를 했다.
"이러면 안 되겠죠."
돌아가려는 그를 잡은 것은 나였다.
"안 되나요?"

밤중에 나무 문을 밀어 여는 소리는, 의외로 크게 울렸다.

슬리퍼를 신고 밖으로 나가자, 어둠 속에 왕자가 서 있었다. 장난기가 가득한 굵은 검은 테 안경 너머로는, 짐승 같은 눈.

단정한 얼굴을 일그러뜨리며 웃고는 당연한 일인 듯 현관에서 구두를 벗으면서 투덜거렸다.

"아, 오늘 촬영 진짜 힘들었어. 미안, 자고 있었어?"

나는 아니라고만 대답했다.

복도를 걸어가는 왕자의 어깨는 뾰족하면서도 넓다. 그리고 단단하면서도 나긋나긋하고 균형 잡혀 있다. 아키타에서 자란 목덜미는 하얬다.

왕자는 계단을 올라가 2층 문을 열자, 몸을 약간 앞으로 구부렸다. 처음 왔던 밤에 머리를 문틀에 부딪히고, 그거 하나는 학습한 모양이다.

그가 방석 두 개를 접어 베개로 삼아 눕자, 키가 크다는 걸 또 한 번 실감했다. 치노 바지를 입고 있는 다리도 길게 쭉 뻗었다.

치켜뜬 눈은 어딘가 모르게 졸린 듯하고, 어리광을 부리는 표정이다.

"가야농, 오늘도 책 잘랐어?"

그 애칭으로 불릴 때마다 아이큐가 떨어지는 기분이다.

"아니, 일을 좀 했어."

캔 맥주를 한 손에 들고 대답하면서 앉았다. 왕자는 또 술이야, 하고 놀리듯 말했다.

"마실래?"

일단 물어봤지만 "차 가지고 와서" 하는 매정한 대답이 돌아왔다. 앉은뱅이 상에 턱을 괴었다. 그와는 다섯 번째 만나는 거지만, 늘 대화가 이어지지 않았다. 공통의 화제가 거의 없는 것이다.

할 수 없이, 내 쪽에서 물었다.

"왕자, 다음 호 촬영이었어?"

"그렇게 부르지 말아줄래?"

그는 피식거리며 투덜거리고는, 일에 대한 불만을 늘어놓았다.

"화보 찍으면서 같은 페이지에 자주 실리는 프랑스인 모델이 진짜 최악이야. 언제나 위에서 내려다보는 식으로 말한다고."

"프랑스어로?"

"뭐?"

왕자가 심각하게 되물었다.

그렇게 빗나간 반응이었을까 싶어, 질문을 정정했다.

"프랑스어로 대화해?"

왕자는 어렸을 때 가족과 함께 프랑스에 산 적이 있어서, 간단한 프랑스어는 할 줄 안다.

"응. 그런데 그 인간이 일부러 엄청 복잡한 단어를 쓴다니까. 그리고 내가 알아먹지 못하면, 아주 얄밉게 씩 웃고. 진짜 쓰레기야."

그건 얄밉게 구는 것도 심술을 부리는 것도 아니라, 왕자의 머리가 나빠서 말이 통하지 않는 게 아닐까 하고 생각했지만, 딱한 심정에 그 생각을 지웠다.

쓰윽, 방바닥 위에 어린 그림자가 다가와 긴 팔로 끌어안았다.

"이리 와."

돌아보는 찰나에 키스. 각오하고 있었지만 잇자국이 남을 만큼 아랫입술을 꽉 깨물어 숨이 막혔다. 얼굴을 돌리면 목덜미에 키스를 하고 또 깨문다. 팔에도 가슴에도 허벅지에도. 왠지 몰라도 왕자는 깨물어 자국을 남기는 걸 좋아한다. 다음 날 아침, 욕실 거울에 비친 알몸은 언제나 멍투성이다.

형광등 빛을 등지고 있는 그의 몸은 어디든 아름다워, 매끄러운 피부와 적당한 근육의 곡선을 어떻게 유지하는지 정말 알고 싶을 정도였다. 잘생긴 인물은 그다지 내 취향이 아니지만, 영화의 한 장면 같아 현실감이 없었다.

콘돔을 집어 당기는 오른손을 보면서, 그러고 보니까 단역이지만 영화에도 출연한다고 했었지, 하고 기억이 떠올랐다.

왕자는 사정이 끝나자, 방바닥에 벌렁 드러누웠다. 밤 깊은 방이 싸늘해, 얼른 담요를 가져다 허리에 덮어주었다. 그는 고맙다는 말도 없이, 드러난 어깨를 웅크리고 잠이 들었다.

나는 벗어놓았던 옷을 머리에 뒤집어쓰고 밑으로 쭉 당겨 허벅지를 가렸다. 깨문 자리가 따끔거려 어찌할 바를 모르면서, 모델이라는 나와는 인연이 먼 직업의 어린 남자를 바라봤다.

가을 초엽에, 왕자가 진행하는 라디오 프로그램에 초대되었다. 경찰 소설밖에 읽지 않는다는 그와는 전혀 얘기가 맞지 않았다. 최대한 얌전하고 무섭지 않은 여자가 좋다는 그의 건방진 요청이 있었다는 걸 나중에 알았다.

프로그램이 끝나자 그쪽에서 악수를 청하고, 다음에 같이 한잔하자면서 연락처를 물었다. 당연히 빈말인 줄 알았는데, 일주일 후에 정말 전화가 걸려왔다.

태어나서 처음 발을 들여놓은 아자부의 회원제 바에서, 왕자는 술을 거의 마시지 못한다고 고백하고는 내 어깨를 끌어안고 키스했다. 당황한 내가 사귀는 사람 있을 텐데 하고 묻자, 그는 아주 태연하게 대답했다.

"응. 아주 많이."

너무도 거리낌 없는 태도에 일부다처제 나라의 왕자님인가, 하고 어이가 없어 그런 별명을 붙여주었다.

"가마쿠라에 있는 전통 가옥, 진짜 멋지겠는데. 작가다워. 나한테도 좀 보여주지."

할아버지가 남기고 돌아가신 가마쿠라의 집에서 혼자 살고 있다고 하자, 그가 그렇게 속삭여 반신반의하면서 고개를 끄덕였다.

주말에 차를 몰고 가마쿠라에 온 왕자는 집 안을 제대로 둘러보지도 않고는 책이 줄어든 2층의 카펫 위에서 들이대, 나는 그와 섹스를 했다.

새벽 3시까지 잠을 안 자고 책을 읽고 있는데, 왕자가 벌떡 일어나 무거운 눈을 비비면서 물었다.

"지금 몇 시지?"

저런 몸짓까지 그림이 되네, 하고 생각하면서 시간을 말했다.

"정말? 가야겠다. 내일 아침 10시에 매니저가 데리러 올 거야."

"정말? 괜찮겠어?"

"걱정 마. 나, 체력 하나는 넘치니까. 아침에도 강하고."

말은 그렇게 하지만, 만에 하나 펑크를 내면 큰일이다.

"시간 없는데, 도쿄에서 여기까지 와도 괜찮은 거였어?"

내가 오라고 한 건 아니지만 걱정스러워 그렇게 묻자, 그는 가마쿠라에서 가까운 쇼난에서 촬영이 있었다고 대뜸 대답했다.

"해변에서 한겨울 코트를 입고. 엄청 더웠어. 등에 땀띠가 다 났다고."

그러고는 매끈한 등을 보여주었다. 깨문 자국이 남아 있는 내 몸에 비하면 아주 깔끔했다.

"있지, 가야농, 다다음 주 주말에 시간 있어?"

"아마. 왜?"

"오랜만에 일정이 없어서, 같이 어디 갈까 하고."

곧이곧대로 믿지는 않고 "생각해볼게" 하고만 대답했다. 이 남자는 생각나는 대로 말해놓고는 닥쳐서 취소하는 일이 많다.

왕자는 일어나, 의외로 가는 허리를 치노 바지에 밀어 넣고 재빨리 말했다.

"그럼."

그러고는 손을 살짝 들고는, 현관을 나섰다. 깜짝 놀랄 만큼 여운이 없었다.

남겨진 나는 "자야지" 하고 나지막히 중얼거리고는 조그맣게 하품을 흘렸다.

여름이 끝날 무렵, 즈시에 사는 젊은 남자 평론가와 알게 되었다. 도쿄에서 있었던 술자리에 우연히 동석했는데, 가마쿠라에서 지낸다고 하자 맥주잔을 한 손에 든 채 말했다.

"정말요? 난, 즈시에 사는데."

그리고 다음에 가마쿠라에서 한잔하자는 약속을 했다.

그다음 주, 해 질 무렵에 가마쿠라 역 앞에 나타난 그는 깔끔한 청바지에 체크무늬 반소매 셔츠를 입은 평범한 차림이었다.

역 근처에 있는 일식집에서 마시려고 했는데, 아는 가게
가 모두 정기 휴일이라고 문을 닫아 난감했다.

"사실은, 가야노 씨 할아버지의 장서를 보고 싶은데요."

그가 불쑥 말을 꺼냈다.

나는 그렇다면, 하고서 근처에 있는 슈퍼마켓에 들렀다
가 그를 집으로 데려갔다. 문득 무방비한 건가 싶었지만,
시바타 씨에게 여러 차례 거절당한 기억이 아직도 선명해
서, 자신에게 무슨 일이 생길 리 없다는 체념 비슷한 낙관
이 있었던 건 부정할 수 없다.

부엌에서 채소와 함께 볶은 고기와, 간 무 위에 뿌린 지
리멸을 안주 삼아 얘기를 나눴다. 몇 잔을 마시고도 맥주
를 정확하게 잔에 따르는 그는 30대 초반의 고학력 평론가
치고는 삐딱하게 구는 구석이 없었고, 귀를 덮지 않게 가
지런히 자른 검은 머리에도 기품이 배어 있었다.

"즈시, 어딘데요?"

어렸을 때부터 즈시에서 살았다고 해서 구체적인 장소를
물었다.

"즈시 마리나입니다."

역시 금수저였군, 하는 생각에 이해가 갔다. 경제적으로
나 문화적으로나 여유로운 가정에서 자란 분위기에, 순간
적이지만 아무리 씻어내도 표백되지 않는 시바타 씨의 그

림자를 떠올렸다.

취기가 돌 즈음, 재단에 관심이 있다고 해서 맥주잔을 한 손에 들고 2층으로 올라갔다.

나란히 카펫에 앉아 책을 자르다 눈길이 마주쳤다. 서로 망설인 후에, 그쪽에서 키스를 했다.

"이러면 안 되겠죠."

돌아가려는 그를 잡은 것은 나였다.

"안 되나요?"

참다 못해 물었더니, 그는 깜짝 놀랐다는 듯이 "괜찮아요?" 하고 진지한 표정으로 되물었다.

그리고, 그대로 흘러갔다.

새벽의 파란빛 속, 이부자리에서 일어나 천장을 올려다보았다. 잔다는 건 이렇게 허망한 거였나. 그렇다면 지금까지의 나는 당연히 무거웠을 것이다.

손바닥을 쳐다보아도 이불 속에서 발가락을 꼼지락거려보아도, 이렇다 할 실감이 없어 중력을 잃은 것만 같았다. 옆에 누워 있는, 야위고 근육 없는 평론가의 인문학도다운 몸만이 희미한 현실이었다.

아직 공기가 싸늘한 가마쿠라 역까지 걸어가 그를 배웅했다.

헤어질 때 그가 살짝 웃으면서 "그럼 또" 하고 말했다. 나도 웃으면서 인사했다. 평범하다고 생각했다. 하룻밤만의 평범한 만남이라고.

오전에는 부엌 정리를 하고, 저녁때가 되도록 쿨쿨 잤다.

평론가와는 몇 번 메일을 주고받다가, 마지막에는 이쪽이 조금 무거워져, 연락을 끊었다. 그러나 좋은 것도 싫은 것도, 슬픈 것도 없었다. 오히려 그 일로 감정을 전부 버릴 수 있었던 것처럼 텅 비었다. 가벼웠다. 너무 가벼웠다.

그래서 어째 고삐가 풀린 모양이었다.

온도가 낮은 햇살이 비치는 널마루 부엌에 서서, 밥공기와 컵을 씻었다.

발목이 욱신거리듯 차가워, 손을 닦고 서랍장에서 양말을 꺼내려 2층에 올라갔다.

놋쇠 손잡이를 잡아당기자, 서랍이 삐거덕거리면서 열렸다. 할아버지의 검정 양말을 꺼내 신고 긴 치맛자락으로 발을 가리고 일어서자, 왕자가 사용했던 담요가 시야에 들어와 갑자기 현실감이 사라졌다.

벽에 기대어 쌓여 있던 책은 꽤나 줄었다. 지금은 재단하고 난 종이 다발을 담은 상자가 자리를 더 차지하고 있다.

그건 그렇고, 아직 가마쿠라에 있다.

집을 구입하겠다던 사람이 계약 직전에 취소했다.

엄마는 전화를 걸어 미친 듯이 화내고 불평을 늘어놓았지만, 보통 그런 일이 있나 싶어 나는 반신반의했다. 엄마 주변에서는 이상하게 그런 일이 종종 생긴다. 그녀 역시, 믿지 말아야 할 걸 믿는 성격인 것이리라.

나는 이 해묵은 집에 점차 애착을 느끼고 있지만, 아는 게 없어서 뭐로 만들었는지도 모르는 지붕과 외벽을 볼 때마다 관리는 무리라고 마음을 바꿨다.

2층 창문 너머는 오늘도 파란 하늘이었다. 햇살이 부드럽고 보송보송하다. 활짝 열고 숨을 들이쉬자, 맑은 공기가 몸속까지 흘러 들어왔다. 기분이 아득해졌다.

정오가 지나도록 마당에서 잡초를 뽑았더니 여기저기 흙이 묻어 욕조에 물을 데웠는데, 김이 오르는 욕실에 민달팽이 두 마리가 나타났다.

당황해서 속옷 바람으로 부엌에 뛰어가 한손에 소금 병을 들고 돌아와, 타일 위에 뿌렸다. 살색 민달팽이 두 마리가 스르륵 오그라들듯이 사라졌다.

혹시나 부부였을까 싶어 기분이 복잡해졌을 때, 탈의실에 내버려둔 휴대전화가 울렸다.

"가야노 씨, 정말 오랜만에 연락 드려서 죄송해요. 좋은 일이 있어서 알려드리려고요."

한동안 소원했던 여자 담당 편집자여서 "네" 하면서 고개를 갸우뚱했다.

"전에 우리 출판사에서 출간했던 책인데 갑작스레 재쇄를 찍게 되었어요."

그렇게 말하기에, 깜짝 놀랐다.

"네? 하지만 그건 3년 전에 나온 소설이잖아요. 지금 와서 왜 갑자기?"

흥분하면서도 이유를 몰라 되물었다.

"갑자기 주문이 늘어나서 영업부에서 조사해봤더니, 아티스트인 나나모리 도루 씨가 텔레비전에 나와서 소개하셨다고 해요. 저도 추억이 많은 책이라서 정말 기쁘네요."

설명을 듣고 보니, 왜 그렇게 되었는지 조금은 감이 왔다. 아무튼 감사한 일이어서 고맙다고 하고 전화를 끊었다.

일요일 밤늦게, 왕자는 여전히 장난스러운 굵은 검은 테 안경을 낀 모습으로 찾아왔다. 성큼성큼 2층으로 올라가, 내가 내미는 캔 맥주를 마다하더니 콜라를 달라고 하고는 벌렁 누웠다. 나는 계단을 뛰어 내려가 냉장고에서 콜라를 꺼내왔다.

줄무늬 셔츠 아래 탄탄한 배를 드러내놓고 누워 있는 왕자에게 콜라를 내밀면서 물었다.

"혹시 나나모리 도루 씨랑 아는 사이야?"

왕자는 일어나서, 뚜껑을 비틀어 열고 들이켰다.

"나나모리 도루? 같이 놀러 다니는 친구인데, 왜?"

"그 사람이, 텔레비전에 나와서 내 책을 추천해줘서 주문이 늘었대. 왕자가 추천했나 했는데. 그 사람 만나면 고맙다고 전해줘."

"아아, 우리 집에 읽는 책을 읽었는지도 모르지. 전에 가야농이 줬잖아. 호오, 굉장하네. 나나모리가 그렇게 영향력이 있단 말이지."

"응. 책 읽는 사람들 사이에서는 인기 있어."

"그렇군."

왕자는 조금은 기쁜 듯이 웃었다. 그리고, 좋은 생각이 난 것처럼 이런 말을 했다.

"가야농도 방송 같은 데 나가면 좋은데. 텔레비전에 나와달라는 의뢰 없어?"

"사람들 앞에 나가는 거, 나 싫어. 사진도 텔레비전도."

"아, 하긴 웃는 얼굴이 어색하기는 하지."

현역 모델이 그렇게 말하자, 아닌 게 아니라 조금은 상처가 되었다. 사실이니까 어쩔 수 없지, 하고 생각하는데 그가 카펫 위로 쓰러뜨렸다.

"칭찬하는 거라니까. 나, 그런 거 그런대로 좋아해. 애교스럽게 웃지 못하는 거, 몇 번을 만났는데도 긴장하는 거. 그러고 보니까 나나모리도 그런 구석이 있군."

깨물듯 키스하는 남자를, 살짝 눈을 뜨고 쳐다보면서 납득했다. 왜 그가 이 집을 드나드는지 전혀 알 수 없었는데, 낯을 가리고 인간관계에 서툰 인문계 사람을 좋아하는 것이리라.

폭력적인 행위가 끝나자, 왕자는 반라의 몸으로 카펫 위를 기어가, 벽 앞에 있는 책더미를 바라보며 물었다.

"내가 읽을 만한 책 없어?"

출판사에서 보내준 새 책 중에서, 실제 사건을 바탕으로 쓴 서스펜스 소설을 골라 건넸다. 그리고 나도 그저 재미 위주로 한 권을 골라 읽기 시작했더니, 그가 물었다.

"가야농, 이제 책 읽을 거야?"

얼른 책을 바닥에 내려놓고 되물었다.

"아니, 오늘 왕자는 뭐 할 건데?"

"아, 내일 밤에 모델 친구들이랑 술자리가 있으니까, 오늘은 돌아가서 잠이나 잘까 해."

"술자리라는 거, 미팅이지?"

왕자는 얼른 "아니야" 하면서 고개를 저었다. 믿지 않자, 묘하게 틈을 둔 후 다시 말했다.

"그야 물론 남녀가 섞인 술자리니까, 그렇게 볼 수도 있지만. 나는 그런 인맥을 조금씩 늘려서 장차 업계 전체적으로 재미있는 일도 하고, 모델이라는 틀을 벗어나서 다양한 콜라보를 하고 싶어."

도중에 적당히 맞장구를 쳤다. 논리적으로 말하려 할수록 멍청해져서 미워할 수 없다.

또 가볍게 자는 상대가 늘어난 걸까, 하고 생각하면서 늘 그렇듯 재빨리 현관에서 사라지는 왕자를 배웅했다.

혼자 2층으로 돌아가 카펫에 앉자, 너무 조용해서 넋이 나가고 말았다. 팔을 축 늘어뜨리고 누워, 남자가 없는 편안함을 잠시 만끽했다.

전에 본 영화에서, 연인과 혹독하게 헤어진 여자가 몇 년 후 다른 사람처럼 변모해 화려하게 노는 장면을 떠올렸다. 그때는 의미를 잘 몰랐는데, 지금은 이해할 수 있다. 상처가 너무 깊어 빈자리를 메우려면, 질보다 양이다. 그리고 성별의 정체성을 억지로 되찾으려다, 원래 모습과는 동떨어진 모습으로 변해간다.

나는 눈을 감았다.

떠밀려가는 걸 실감하면서도, 시간이 멈춘 가마쿠라의 집 안에서는 모든 것이 무감각하고 편안해서, 끝을 제대로 가늠하지 못한다.

저녁때 장대비가 쏟아져, 걸어서 15분 거리에 있는 슈퍼마켓까지 장을 보러 갈 수 없었다. 골목에서 나와 큰길가에 있는 꼬치구이집으로 갔다.

쏟아지는 비를 향해 대량의 연기를 뿜어내는 가게의 포렴을 들추고 들어가, 시야가 가리는 카운터 자리에 앉았다. 노릇노릇하게 구워진 닭 날개와 내장 조림을 안주로 맥주를 마시고 있는데, 옆에서 누가 말을 건넸다.

"저, 죄송한데요. 양념통 좀."

눈앞에 있는 양념통을 집어 들고 고개를 돌렸더니 양복 차림의 남자가 웃었다. 반듯한 차림새와는 대조적으로, 소년다움이 남아 있는 얼굴이었다.

아주 잠깐, 넋을 잃었다. 마치 예쁜 걸 봤을 때처럼.

"고맙습니다."

머리 숙이는 그에게 "천만에요" 하면서 눈길을 피했다.

"이렇게 비가 쏟아지는데 술을 마시는 것도 괜찮은데요."

그렇게 또 말을 걸어 그쪽으로 얼굴을 돌리고 말았다. 아몬드 모양의 단정한 눈이 쳐다보자 순간적으로 긴장했다.

내리는 비 탓에 손님이 뜸한 것인지, 평소 빈자리가 잘 나지 않는 가게 안이 메워질 기색이 없었다. 한 시간쯤 지나자 매실 시럽을 섞은 독한 소주에 완전히 취하고 말았다. 옆자리의 남자는 아직도 있었다. 무슨 생각을 하는지 모를 웃는 얼굴을 볼 때마다 가슴이 술렁거렸다.

이름이, 하고 말을 건넸다.

"세이노입니다. 치히로 씨."

그가 앞질러 말해서, 이번 질문이 두 번째라는 걸 깨달았다.

"세이노 씨는, 도쿄에서 여기 있는 지사에 일주일에 한 번 미팅을 하러 온다고 했던가요?"

"네, 그렇습니다."

그가 거래처를 일러주듯 반듯하게 대답했다.

"집은 도쿄에 있고요. 시간이 괜찮으세요?"

세이노 씨는 "네" 하면서 고개를 살짝 끄덕였다.

"오늘은 밤부터 날씨가 궂다는 걸 알고 있어서, 내일 오후에 출근하기로 했습니다. 다만, 호텔을 예약하지 못해 만화카페에서 밤을 샐 생각이었어요."

와이셔츠 안으로 보이는 목덜미에 여름에 탄 피부가 약간 남아 있었다.

돌아가신 할아버지가 남긴 집에서 혼자 살고 있다는 말이 상당히 흥미로웠는지, 세이노 씨는 보고 싶다고 했다.

전혀 모르는 사람을 집 안에 들이자니 주저되었지만, 계산을 치르고 비가 쏟아지는 길로 나오자 순식간에 바지자락이 젖은 그가 안쓰러워, 더없이 경솔한 처신이라고 생각하면서도 나란히 비닐우산을 쓰고 캄캄한 밤길을 걷기 시작했다.

공터를 지날 때는 캄캄한 잡초 더미 속에 고인 물을 피하느라 고생했다. 세이노 씨는 가죽 구두를 신었는데도 짜증 내는 기색 하나 없이 쓱 건너고는, 젖은 집 앞에 섰다.

"어째 여우에게 홀린 듯한 기분이 드는데요."

문 앞에서 세이노 씨가 우산을 접으면서 말했다.

나는 젖은 손으로 가방에서 열쇠를 꺼내 서둘러 문을 열었다.

어둠 속에서 그가 등 뒤에 서자, 키 차이와 섬유 유연제 냄새 때문에 갑자기 존재감이 짙어졌다. 몸집이 작다고 여겼는데, 호리호리해서 그렇게 착각했을 뿐 의외로 키가 크다는 것을 알 수 있었다.

삐걱거리는 복도를 걸어가면서 그가 물었다.

"치히로 씨는 이렇게 유산으로 생활하고 있나요?"

나는 탈의실에서 파란 수건을 꺼내와, 복도에서 건넸다.

"아니요."

"그럼, 무슨 일을?"

인터넷으로 검색이라도 하면 성가시겠다고 생각하면서도, 왠지 모르게 거부는 할 수 없어 솔직하게 대답했다.

"작가예요."

세이노 씨는 눈을 번쩍 뜨고 웃으면서 "거짓말" 하고 불쑥 반말투로 되물었다.

"정말? 대단하군요."

"별로 말하고 싶지는 않아요."

"왜요, 자랑스러운 일이잖아요."

진지한 표정으로 그렇게 말해서, 대꾸할 말이 궁했다. 여러 가지 사정이 있어서 하고 에둘러 대답했다.

그는 내가 건넨 수건으로 꼼꼼하게 머리를 닦고는 물었다.

"서재도 있나요?"

조금 전에 만났고, 하는 일도 다르고 공통된 화제도 없는 상대라 대화가 오래 이어지지 않을 것 같아서, 나는 천장을 가리키며 적당히 말했다.

"지금 책을 자르는 중이에요. 재단이라고 알아요?"

알죠, 라고 대답해서 조금 의외였다.

"한때 화제가 되기도 했잖아요. 하지만 실제로 하는 사람을 본 적은 없습니다."

나는 2층으로 올라가는 계단을 안내하고, 먼저 올라가 있으라고 하고는 부엌으로 달려갔다.

술기운이 이미 가셔서 냉장고에서 캔 맥주를 두 개 꺼내고는, 대구 치즈 봉지와 함께 껴안고 2층으로 올라갔다.

불빛 아래, 책이 여기저기 널린 카펫에 조용히 앉아 있는 모습에 움찔 놀랐다. 커다란 눈동자가 이쪽을 향했다.

그가 웃음을 터뜨려, 왜 그러나 했다.

"여자 혼자 사는데 대구 치즈라니, 꽤나 술을 좋아하나 봅니다."

싫은 내색 없이 캔을 받아들고, 흥미롭다는 듯이 재단기의 날을 바라보고는 쌓여 있는 종이 다발을 조심스럽게 들춰본다.

"와, 재미있겠는데요. 이렇게 다 흐트러뜨려서 스캔을 하는 거군요."

그 손끝의 섬세함에 살짝 감동했다.

"가마쿠라에 이런 집이 있어서 좋겠습니다."

그가 절절하게 중얼거려서, 고향이 어디냐고 물었다.

"일단은 도쿄입니다. 도심에서 두 시간이나 걸리지만."

도쿄 외곽이라 거의 사이타마 현에 가깝다고 설명했다.

"그럼, 고향에 가기가 쉽지 않겠네요."

넌지시 그렇게 말하자 묘한 침묵이 흘렀다. 이내, 물어서는 안 되는 일이라는 걸 이해했다. 그래서 화제를 바꾸려고 했다.

"그러네요. 안 갑니다."

세이노 씨는 온화한 미소를 머금은 채 대답했다.

"그렇군요."

"부모님이 안 계셔서."

위화감이 느껴지는 말투에 "나는 무슨 뜻이죠?" 하고 나지막이 물었다.

"치히로 씨, 부모에도 여러 종류가 있잖아요. 양부모나, 그런 관계를 포함해서."

어린아이에게 가르치듯 설명하고서, 한마디로 말했다.

"다, 없습니다."

그 순간, 부드러움 속에 등줄기가 저릿할 정도의 거부감이 전해져왔다. 나는 이제 질문은 그만하기로 했다. 지금 와서 괜한 사람을 데리고 왔는지도 모르겠다고 생각했다. 그런 한편, 이런 사람이라는 걸 자신이 이미 감지하고 있지 않았나 하는 기분도 들었다.

대화가 끊기자, 세이노 씨가 쌓인 책을 가리키며 말했다.

"이 책, 중학교 때 읽었는데."

그가 가리킨 곳을 보니, 내가 초등학교 시절에 베스트셀러였던 호러 소설이 놓여 있었다.

"세이노 씨는 지금, 몇 살이에요?"

"올해에 서른다섯이 됩니다. 벌써 아재죠."

예쁘게 웃는 얼굴에 어울리지 않는 단어라 농담처럼 들렸다.

"혹시, 곧 생일인가요?"

나도 맥주를 마시면서 장난스럽게 되물었다. 아쉽지만, 하고 그는 고개를 저었다.

"생일은 3월입니다. 3월 10일."

웩. 순간적으로 튀어나와, 어쩔 수 없었다.

"그렇군요."

이성을 차리고 덧붙였지만, 세이노 씨는 놀란 듯이 웃고는 "왜요" 하면서 얼굴을 들이댔다. 그렇게 넓지 않은 어깨와 긴 팔에도 소년 같은 분위기가 남아 있어, 거리감이 이상해진다.

"나, 3월에 태어난 남자 싫어해요."

나도 모르게 본심이 나오고 말았다.

그러니까, 왜 그런데요. 치히로 씨, 너무합니다. 웃으면서 그렇게 몇 가지 농담을 한 다음에, 세이노 씨가 불쑥 물었다.

"우리, 할까요?"

나는 동요해서, 말이 막히고 말았다.

"아, 싫은가요?"

"아니, 그런 게 아니라."

그런 걸 말로 확인하는 사람은 드물어서, 라는 말이 끝나기도 전에 그가 끌어안았다.

키스하는 얼굴이 형광등 빛을 등지고 있는데도 아름다웠다. 뭐 하나 옳은 게 없는데, 묘하게 평온한 분위기가 서로를 감싸고 있었다. 그 정체를 파악하려는데, 옷이 벗겨졌다.

말랐다고 여긴 것치고는 의외로 실팍한 어깨에 턱을 올려놓고 허공을 쳐다보면서, 그러고 보니까 남자에게 처음 치히로 씨라 불렸다는 걸 알았다.

끝날 무렵, 실내는 새벽의 파르스름한 어둠에 잠겨 있었다. 노는 데 정신이 팔려 해가 지는 줄도 몰랐던 아이처럼. 알몸으로 벽시계를 올려다보고는 잠시 멍해졌다.

"이부자리, 펼까요?"

그렇게 제안하자, 세이노 씨는 웃으면서 "부탁합니다" 하고 말했다.

이불을 두 겹으로 깔고, 어색하게 한 베개에 머리를 나란히 뉘였다. 그가 먼저 눈을 감았다. 그러자 겨우 나이에 맞는 음영이 눈가에 어렸다. 그런데도 잠든 얼굴이 아름답다고 느꼈다.

아침이 되자, 차를 끓일 틈도 없이 그는 왔을 때처럼 양복을 차려입고 현관에서 가볍게 머리를 숙였다.

"어제는 실례가 많았습니다. 고마워요."

나는 맨발로 복도에 서서, 더 이상 만나지 못할 얼굴이 기억에 남지 않도록 살며시 눈을 내리깔았다.

문이 닫히자마자 등을 돌렸다. 평론가나 왕자 때와는 다른 무게가 발목을 살짝 잡은 듯한 기분이 들었다. 내리는 비에 옷자락만 살짝 젖은 것처럼.

속으로 괜히 그렇게 생각하는 거라고 중얼거리고는, 물을 데우려고 욕실로 향했다.

한기가 들어 방바닥 위에서 몸을 일으켜보니, 해가 저물어 있었다. 짙은 그림자에 덮인 실내를 돌아보자 재단 중인 종이 더미가 약간 무너져 있었다.

얼른 다시 쌓으려 했을 때, 종이 밑에 가려져 있던 휴대전화가 빛나고 있다는 걸 깨달았다. 어젯밤, 취한 상태에서 번호를 주고받은 세이노 씨가 보낸 문자였다.

읽어보고서, 이번에는 분명한 동요를 느꼈다.

어젯밤에는 고마웠습니다. 다음에는 언제 만날까요.

만날 수 있을까요, 도 아니고, 만나고 싶습니다, 도 아닌 만날까요, 라는 거의 단정적인 제안에 침묵했다.

깊은 한숨을 내쉬면서 '다음에 또 언제 가마쿠라에 오나요?' 하고 회신을 보냈다.

특유의 부드러움은 아직 정체를 알 수 없지만, 웃으면 웃을수록 마음이 어디 있는지 모르겠고, 바람처럼 가벼운 동시에 예민한 감각을 내포한 분위기하며, 어딘지 모르게 시바타 씨와 닮았다고 하면 닮았다는 걸, 처음 얘기했을 때부터 나는 알고 있었으리라.

제대로 약속을 하고 일주일이나 기다리기는 오랜만이라, 소리 없이 혼란스러웠다.

일상에서 너무 벗어나지 않기 위해, 이른 아침에 일어나 쌓인 종이 더미를 전부 버리고 마당 손질도 했다. 오랜만에 머리를 잘랐는데, 앞머리가 너무 짧아져서 실망스러웠다.

목욕을 하고 김 서린 거울에 비친 자신의 얼굴이 마치 어린애 같았다. 옅은 눈썹을 오른손 손가락으로 쓰다듬으면서, 거슬러 올라가고 있는 것이 비단 외모만은 아니라는 걸 깨달았다.

세이노 씨가 나타난 후로 어째 몸속 시간이 이상하게 돌아가고 있다. 짙은 남색으로 자욱한 저녁 시간 때에는, 하루가 끝났다는 걸 느끼며 쓸쓸해했던 나이 때의 감각이 되돌아온다.

세이노 씨는 지난번에 만났던 닭꼬치구이집에 딱 약속한 시간에 나타났다. 와이셔츠 차림으로 포렴을 들추고 조심스럽게 웃고는 머리를 숙였다.

"오래 기다렸죠."

그가 물수건을 받으면서 말해, 나는 고개를 저었다.

"치히로 씨 일은 괜찮아요?"

나는 "조금 전까지 하다 나왔어요" 하고 대답했다. 별것 아닌 대화에 오히려 혼란이 더해졌다.

아직 술이 들어가지 않은 옆얼굴에 피로가 배어 있어, 그만큼 그저 평범한 회사원다웠다.

"어제 회사에서 회식이 있어 아침에 집에 들어간 탓에, 조금 졸립군요."

그런데도 그가 이쪽을 돌아보고 웃으면서 그렇게 말하자, 희미한 애착이 가슴속에 퍼져 당황했다. 그러나 기본적으로 말수도 적고, 먹는 양도 그리 많지 않은 듯했다. 내 쪽에서 분위기를 푸는 질문을 계속하다 보니, 언제인지 모르게 둘 다 무척 취하고 말았다.

현관에서 세이노 씨는 조심스럽게 구두를 벗었다.

자연스럽게 2층으로 올라가자, 편의점에서 사 들고 온 캔 맥주를 꺼내기도 전에 뒤에서 "치히로 씨 일 안 해도 돼?" 하고 갑자기 조잘거리면서 껴안아서 푸근한 체온에 끌려 들어가고 말았다.

깊은 밤, 바닥에 앉아 미적지근해진 캔 맥주를 마셨다. 잠든 세이노 씨의 숨소리는 고요했다.

벽에 기대어 잠든 얼굴을 바라보고 있자니, 모든 게 꿈만 같았다.

두 번, 하고 입속에서 중얼거리자, 부연 유리창에 뭐가 부딪히는 소리가 났다. 이내 흘러 떨어지듯 비가 내리고 있었다. 발끝부터 몸이 써늘해진다.

이불 속으로 파고들자, 그가 살짝 눈을 떴다. 입가에 웃음을 띠고 끌어안는다. 너무 어색해서 가만히 숨을 죽였다. 익숙해지는 일은 없다, 하고 속으로 중얼거렸다. 아직 두 번. 어차피 이런 관계는 바로 끝난다.

새벽까지 한숨도 못 잔 채, 따스한 품속에서 몸을 웅크리고 있었다.

만나자는 걸 한 번 거절했더니, 왕자의 연락이 뚝 끊겼다. 그 즉물적인 반응에 오히려 차인 기분이 들어, 낮인데도 어둑어둑한 부엌에서 턱을 괴고 싸늘한 가을비 소리를 듣고 있었다.

1인용 질냄비에 끓인 두붓국을 먹고, 영귤 사워를 마시고 나자 왕자의 감촉 따위는 하나도 기억나지 않았다. 그렇다고 이노마타 씨에게 연락을 하자니 내키지 않았다.

많은 것들이 멀어지기 시작하는 것은 위험 신호라고 생각하지만, 깊은 구멍 속에서 편안함을 느끼는 것처럼 기묘한 고요함이 온몸을 감싸고 있었다.

얼마 후, 세이노 씨가 또 가마쿠라에서 볼일을 보고 나타났다. 닭꼬치구이집이 정기 휴일이라서, 그대로 편의점에서 맥주와 안줏거리를 사 들고 집으로 들어갔다.

불을 켜고 부엌에 가려는데, 그가 조금 떨어진 곳에서 딱 부러지게 말했다.

"아니, 만들어주지 않아도 됩니다. 그보다 같이 마시죠."

나는 쥐고 있던 프라이팬 손잡이에서 손을 뗐다.

맥주와 차가운 두부와 스낵만 쟁반에 담아 2층으로 올라갔다. 전기장판을 깔아놓았더니, 세이노 씨는 따뜻하다면서 좋아했다.

"배 안 고파요?"

양복을 벗어 와이셔츠 바람으로 있는 그에게 물었다.

"그때그때 다르지만, 기본적으로 많이 먹지 않습니다."

그런 대답에, 기혼자가 거짓말을 하는 게 아니라 정말 독신이라는 걸 깨달았다.

"만들어주는 여자친구도 없나요?"

선을 그으려고 물었다.

그런데 그는 당연하다는 듯이 "없어요" 하고 대답하고는 한마디 덧붙였다.

"옛날에는 기둥서방이 되는 게 꿈이었습니다."

참 묘한 말을 한다고 생각하면서 되물었다.

"무슨 뜻이죠?"

이불을 잡아당겨 무릎에 덮었다.

"말 그대로입니다."

그런 대답에 더 당황했다.

"그래도, 제대로 일을 하고 있잖아요."

"네. 인생은 다시 시작할 수 없으니까요. 그런 동경을 품고 있는 한편으로, 자립해서 살아가고 싶은 욕망도 강합니다. 그래서 그런 상대를 만들 수 없는 것이죠. 근본적으로, 타인에게 의지하는 걸 잘 모르는지도 모르겠군요."

"일을 할 때도 그런가요?"

"우리 회사는 특히 젊은 사람이 많아서, 내가 그들을 많이 도와야 한다고 생각합니다. 다만 누구에게 의지하는 일은 별로 없습니다."

적당히 넘기려는 건지 진지하게 대답하는 건지 알 수 없는 얘기를 듣고서, 아무튼 나와 사귈 마음은 없다는 걸 간파했다. 또 잘못한 것일까, 하고 실감하고 있는데 언젠가 시바타 씨가 했던 말이 되살아났다.

실은 나 기둥서방이었어요. 대학을 졸업한 직후에 하는 일 없이 빈둥거리다 보니까 돈이 없어서, 연상의 여자에게

빌붙어 살았어요. 그러다 그쪽이 점점 속박하게 돼서, 어느 날 아파트를 뛰쳐나왔지만요.

왜 그런 사람을, 하고 새삼스럽게 생각하면서 얼굴을 드는데 세이노 씨와 눈이 마주쳤다.

혹시 나의 기둥서방이 되고 싶다는 걸까, 하고 생각했다.

"비서나, 운전사 역할은?"

경제적으로는 빠듯하지만, 혹시나 해서 한발 물러섰다.

"치히로 씨, 그런 건 기둥서방이라고 하지 않죠."

오히려 확신에 찬 투로 이쪽을 가르치기에, 나는 내던지듯 말했다.

"이상한 사람이네요."

세이노 씨가 갑자기 살갑게 웃고는 "어디가요" 하고 물으면서 두 팔을 내밀었다.

책장에 꽂힌 무수한 책등을 올려다보면서 '내가 바보인 걸까' 하고 생각했다. 또 기대할 수 없는 것을 붙잡은 걸까. 모르겠다. 알 수 없었다.

시바타 씨 때도 나는 처음부터 잘못되었다는 걸 알고 있었다. 그러나 잘못이라는 것을 알면서 거부하지 못하는 나약함을 혐오할 만큼, 빼앗긴 걸 되찾으려 필사적이었다.

빼앗겼다고 여긴 것 따위는, 사실은 벌써 오래전에 잃어

버린 것인데.

어슴푸레한 빛 속에서, 몸에 담요를 둘둘 감고 천장을 올려다보았다.

잠든 세이노 씨의 얼굴을 쳐다보고 있는데, 늘 그렇듯 눈은 감은 채 긴 팔을 뻗었다. 여전히 어색한 품에 안겨, 이 불편한 시간이 영원히 계속되면 좋겠다고 생각했다.

아무리 살을 맞대도 거리감이 좁혀졌다는 느낌은 없고, 그렇다고 육체만 사용하고 있다는 소모감이 느껴지지도 않는데, 입자는 한없이 자잘하고 묘한 부드러움까지 지니고 있다.

불쑥, 의존하고 있다는 걸 깨달았다. 그가 아니라, 정확하게는 그의 몸에. 그 몸을 만지는 것으로, 나는 나를 회복하려 하고 있다.

실제로, 예전보다 나의 내면은 고요해졌다.

하지만 겉으로 봐서는 다른 놀이 상대와 그리 다르지 않은 세이노 씨와의 관계에서만 왜 이런 일이 생기는지 알 수 없었다.

세이노 씨의 일이 일찍 끝난 날, 저녁때 같이 해변을 산책했다. 마주 잡은 손의 감촉이, 바다를 떠나면 선명하게 기억나지 않는 파도 소리처럼, 언젠가는 잊힐 것이라고 생각했다.

파도치는 해변은 어둠에 녹아 있고, 검푸른 하늘은 밤을 바다 저 너머까지 데려가려 하고 있었다. 어둠별 주위만 보얗게 밝았다.

옆에서 뚜벅뚜벅 걷는 세이노 씨의 걸음걸이에는 긴장감이 느껴졌다. 술을 마시지 않은 상태에서 바깥을 걷기는 처음이라, 둘 다 어색해했다.

아무 말이 없는 세이노 씨의 옆얼굴을 살폈다. 유독 술을 마시게 되는 것은 맨 정신이면 신경을 쓰게 되기 때문이라는 걸 알았다.

건널목에서 걸음을 멈췄다.

"……이 시간의 하늘색을, 가장 좋아합니다."

세이노 씨가 겨우 그렇게 중얼거렸다.

"지금 하늘색이 묘사하기가 가장 어려울지도 모르겠네요."

나는 하늘을 올려다보면서 대답했다.

"그럼…… 지금 힘내서 한번 묘사해봐요."

그가 진지한 표정으로 부추겨, 나는 씩 웃고는 "싫어요" 하고 거절했다.

오가는 사람들이 별로 없는 국도를 따라 걸어서, 어두운 터널을 지나 불 켜진 상점가로 돌아올 무렵에는 늘 그 닭꼬치구이집이 그리워진다.

　나무 문을 열었는데, 왕자가 있어서 깜짝 놀랐다.

　파란 하늘 아래 선 왕자는 하얀 살결이 한결 돋보였다.
티셔츠 위에 걸친 재킷과 공터가 어울리지 않아, 어쩌면 좋
을지 허둥댔다.

　"시간이 있어서 왔는데, 가야농 좀 달라졌다."

　뜬금없이 그렇게 지적해, 의외로 감이 좋은 남자인지도
모르겠다고 비로소 깨달았다.

　거의 책이 없어진 2층 서재에서, 왕자는 웬일로 술을 마
시겠다고 했다.

　"위스키는 없어?"

　책장에서 할아버지가 남긴 보모어 새 병을 꺼내, 얼음을
담은 잔에 따랐다.

　"훈제 같은 냄새가 나는데, 이 술."

　왕자는 몇 번이나 냄새를 맡으면서, 핥듯이 몇 모금 마셨
다. 젊은 사람은 잠깐 만나지 않는 동안에도 금방 변한다.

　군데군데 볼그레해진 눈 같은 하얀 피부는 여전히 황홀
할 정도지만, 예전처럼 덮치려 들어 정신을 차렸다.

　"아, 안 될 것 같아."

　당황하면서도 그렇게 말하자, 왕자는 놀란 듯이 되물었다.

"왜? 안 되는 날이야?"

바로 "응" 하고 대답한다. 원만하게 넘어갈 줄 알았는데, 그가 약간 인상을 찌푸리고 물었다.

"가야농, 남자 생겼어?"

그 순간, 세이노 씨와의 관계에 이름이 없다는 걸 자각했다. 이런 때, 상대를 이해시킬 말이 없다는 사실에 갑자기 불안해졌다.

왕자가 돌아간 후에 벌컥벌컥 마셔대, 그를 뭐라고 설득했는지 잊고 말았다. 심한 갈증과 두통과 외로움만 남았다.

늘 앉는 카운터 자리에 나란히 앉자, 세이노 씨가 불쑥 말했다.

"치히로 씨, 오늘 좀 이상한데요."

나는 처음에는 말을 얼버무렸지만, 그의 발치에 놓인 가방이 불룩한 걸 알고는 물었다.

"오늘은 짐이 많네요."

"출장 다녀오는 길이라서."

당혹스러워 다시 물었다.

"어디로?"

"나고야요."

"그럼, 집에 가기 멀지 않나요?"

"그래도 약속을 했으니까."

그가 차분한 표정으로 대답한 탓에 감정이 복잡하게 뒤엉켜 점점 더 괴로워졌다.

"말은 그렇게 하지만, 나를 뭐라고 생각하고 있죠?"

대답이 바로 있기를 기대했는데, 세이노 씨는 아무 말이 없었다. 그리고 진지한 표정으로 이쪽을 돌아보며 단언했다.

"그런 건 말로 하고 싶지 않습니다."

점점 더 불안해졌다. 왕자에게 한심하게 대처한 것도 있어서 투정을 부렸다.

"그럼 좋아하는 건지, 그냥 몸이 필요한 건지, 사실은 싫어하는 건지 알 수 없잖아요. 하는 중에도 나를 별로 보지도 않고 끝나면 바로 돌아가고요."

그러자 세이노 씨는 깜짝 놀란 듯이 웃으면서 반발했다.

"눈 돌리고 다른 여자 생각을 할 정도면, 다른 여자에게 갑니다."

놀리는 것처럼 여겨져 나는 무시했다. 세이노 씨도 기분이 상한 것처럼 갑자기 맥주잔을 들고는 입을 다물었다.

나는 말없이 장아찌를 아작거렸다. 너무 익어서 시큼하다고 투덜거리고 싶어졌을 때, 그가 물었다.

"말이라도 좋아한다고 해주는 편이 좋은가요?"

온몸의 피가 얼어붙었다.

"그런 대답, 너무하네요."

세이노 씨는 왠지 화가 난 것처럼 다시 말했다.

"나도 한 가지 안 게 있어서요. 치히로 씨는 내가 섹스만 원한다고 여기는 것 같군요. 그렇다면 한동안은 아무것도 안 한다는 생각으로 만나러 오겠습니다. 마시고 돌아가죠. 치근대지도 않겠습니다."

모르겠다. 좋아한다는 말도 하지 않고, 그렇다고 몸을 원하는 것도 아니라면, 왜 만나러 오는 것일까. 그리고 기둥서방이 되고 싶었다느니 했지만, 매번 술값을 내는 데다 편의점에서 뭘 살 때도 번갈아 내는 성실함과는 아무래도 맞지 않는다.

생각하다 보니 공허한 마음만 더해져서, 공기 빠진 인형처럼 맥없이 남은 사워를 들이켰다. 마음 어느 한구석에서 불확실함에 대해 긴장하고 있다는 걸 알고, 이제 그만두고 싶다고 문득 생각했다.

가게에서 나오자 바로 역으로 향했다. 가로등 불빛이 비친 옆얼굴을 올려다봤다.

"세이노 씨, 역으로 가나요?"

"네."

"알겠어요. 그럼 여기서."

어? 하고 되묻는 소리가 들렸지만, 나는 돌아보지 않고 정반대 길로 걸어갔다.

밤공기는 뜨뜻미지근하고, 길가에는 아직 영업하는 가게가 몇 군데 있었다. 오늘부터 자유다, 하고 생각했더니 유난히 후련했다. 상처 입을 일은 하나도 없었다. 왜냐하면 전부 경험했던 일이니까.

걸음을 멈췄다. 그때는 돌아보면 늘 없었다. 그런데.

세이노 씨가 어쩔 줄 모르는 표정으로 보고 있었다. 발길을 돌렸는데도, 그는 떠나려 하지 않는다.

마주 보았다.

"좀 놀랐습니다."

세이노 씨가 그렇게 말했다.

"간다고 해서."

나는 일단 말을 되받았다. 둘 다 침묵하고 있을 때, 비가 내리기 시작했다. 올려다보니, 밤하늘에는 달도 별도 없고 빗방울만 어둠을 배경으로 빛나고 있었다.

세이노 씨가 주저앉아 가방에서 꺼낸 걸 보고서, 나는 눈썹을 찡그렸다.

"미안하지만, 좀 펴줘요."

그가 건넨 것은 네 가지색 컬러풀한 우산이었다. 어느 쪽의 차림에도 어울리지 않았다.

"이 우산은 뭐예요?"

엉겁결에 그렇게 묻자, 세이노 씨도 난감한 듯이 피식 웃었다.

"이상한 우산이라 미안합니다. 회사 이벤트 때 만든 거라서요."

현실감이 묻어나는 대답이라 꿈속의 사람은 아니었구나, 하고 새삼스럽게 실감했다. 우산 구석에는 알파벳으로 회사 이름이 찍혀 있었다.

둘이 쓰기에는 너무 작은 접이식 우산이었다. 어깨를 맞대고 늘 걷는 골목을 지나 집으로 갔다.

세이노 씨가 2층의 어둠 속에서 자연스럽게 옷을 벗겼다. 준비도 아무것도 없었지만, 익숙하고 친근한 피부 감촉에 바로 넘어가고 말았다.

어둠 속에서, 세이노 씨가 알몸으로 웃었다.

"우리 다퉜는데, 왜 이러고 있는 걸까요."

혼자서만 괜히 난리를 피운 줄 알았는데, 다퉜다는 인식은 있는 듯했다. 나는 "정말 그러네요" 하고 작은 소리로 중얼거렸다. 눈을 번쩍 뜨고 계속 이쪽을 쳐다봐, 집중할 수 없었다.

"그렇게 보지 말아요."

"얼굴을 보라고 했잖아요."

"그래도 역시 부끄러워요."

"보라고 한 건 치히로 씨인데."

이런 대화를 나누고 싶었을 뿐이지 않나 싶어 맥이 빠졌는데, 그가 갑자기 꼭 껴안았다. 그 성격에 걸맞지 않는 세기로. 모르겠다. 같은 말만 빙글빙글 맴돈다. 촌극. 불장난. 진심. 경계선을 찾으면서 파란 새벽을 맞으면, 모든 것이 다시 제자리.

살짝 눈을 떠보니, 창문 너머가 어둑어둑했다. 둘이 한 베개를 베고 있어서 세이노 씨도 쓱 눈을 떴다.

"왜 나일까, 하고 줄곧 생각했어."

예상치 못한 말에, 되물었다.

"무슨 뜻이에요?"

"치히로 씨는 특수한 일을 하고 있고, 또 넓고 다양한 세계를 알고 있잖아요. 그런데 왜 나 같은 사람을 만나는 걸까 하고."

나는 잠시 틈을 두었다가 대답했다.

"넓기는커녕 밖에 나가지도 않고, 사람도 잘 안 만나는데. 세이노 씨보다 오히려 좁아요. 일도 지금은 잠시 그만둔 상태고."

"왜죠?"

잠시 생각하고 대답했다.

"발단은 같이 일하는 사람과의 관계가 꼬였기 때문이지만, 내 안에도 변하고 싶다고 할까, 망가뜨리고 싶다고 할까, 그런 욕구가 한계에 도달한 시기였던 것 같아요. 그래서."

얘기를 하는 도중에 오른손이 저릿저릿하다 싶더니, 오랜만에 바들바들 떨려왔다. 손목에서 손가락까지만 자기 의지가 있는 것처럼. 징그럽다. 순간적으로 그렇게 생각하고 시트를 움켜쥐었다.

"치히로 씨, 왜 그래요?"

세이노 씨가 내 오른손을 꽉 잡았다. 떨림이 조금은 잦아들었다. 얼굴을 들자, 세이노 씨가 놀란 표정으로 나를 끌어안으면서 말한다.

"얼굴이, 창백해."

의외의 동작에 숨이 막혔다. 과도하지도 거칠지도 않고, 감싸안듯 등을 쓰다듬었다. 눈을 감자, 벗은 상반신의 열기가 전해졌다.

세이노 씨는 아무 말 않고 등만 쓰다듬었다.

오래 걸리지 않았다. 기댄 몸의 호흡이 나를 지금으로 돌려놓았다.

"이제 괜찮아요."

내가 몸을 떼자, 세이노 씨는 등에 손을 댄 채로 얼굴을 들여다보며 물었다.

"가끔 이런 거예요?"

나는 고개를 가로젓고서 잠시 망설였지만 결국 털어놓았다.

"무서운 일을 겪었거든요. 그래서, 내 손으로는 사람을 만질 수 없게 되었어요."

"만지면 누가 때렸나요?"

바로 그런 질문이 나왔다는 것에 움찔 놀라면서도 "그건 아니에요" 하며 고개를 저었다.

"내가 할 수 있는 일이 있을까요?"

예상치 못한 질문에 잠시 생각하고서 대답했다.

"뭐든, 마실 거. 술 말고, 주스 같은 거."

"알았어요."

그가 이불에서 나가 옷을 입었다. 소리 없이 계단을 내려가는 뒷모습이 왠지 신선했다.

돌아온 그는 편의점의 비닐 봉투를 들고 있었다. 주스가 몇 종류 비쳐 보였다. 나는 이부자리에서 일어났다.

"뭐가 좋아요?"

"아, 오렌지로."

뚜껑을 비틀었다. 시원하고 새콤달콤한 맛이 마른 목을 적셨다. 겨우 숨이 쉬어졌다.

"고마워요."

여전히 묘한 기분으로 말했다.

"이제 슬슬 첫차가 다닐 때라 돌아갈게요."

옷을 입은 채 세이노 씨가 그렇게 말해, 나는 거의 울상을 지으며 되물었다.

"급한 볼일이라도 있나요?"

최대한 차분하게 물었더니, 그는 이내 고개를 젓고는 없다고 대답했다.

"다만."

"다만?"

"내가 없어야 치히로 씨가 편히 잘 수 있지 않을까 해서. 늘 잠을 잘 못 자잖아요, 같이 있으면."

나는 숨을 약간 몰아쉬고서 "그렇지 않아요" 하고 넌지시 부정했다. 그의 표정이 여전히 굳어 있다.

"이런 때 혼자 있으면 불안하니까, 급한 일이 없으면 조금 더 여기 있어줘요."

그렇게 설명하자, 그는 한마디 한마디에 고개를 끄덕이고는 잠시 틈을 두었다가 대답했다.

"알겠습니다. 있죠."

안도감에 이불 안으로 들어가자, 그가 또 껴안았다.

세이노 씨가 내 머리를 쓰다듬으며 작은 소리로 말했다.

"필요로 하지 않으면, 자신이 있는 의미를 잘 몰라서요."

눈을 올려 뜨고 바라보자, 그는 얘기를 끝냈는지 잠이 들었다.

이제는 책을 자르지 않는다.

책장의 절반 정도가 빈 즈음에, 알고 보니 더는 자르지 않고 있었다.

요리와 청소를 하는 시간 외에는 책상 앞에 있었다. 해가 지면, 두툼한 니트 카디건을 걸쳤다. 바닷바람도 초겨울 바람도 아닌 것이 부연 유리창을 흔들었다.

일주일에 몇 번, 일 때문에 전화가 걸려왔다. 이쪽에서도 걸었다. 미룬 일을 내년부터 다시 시작한다는 계획도 세웠다.

"내년에도 가마쿠라에 계실 건가요?"

젊은 여자 편집자의 은근한 질문에, 나는 슬쩍 침묵했다.

도쿄로 돌아가면, 세이노 씨와의 관계가 어떻게 될지 전혀 알 수 없었다.

저녁이나 짓자 싶어 부엌에 불을 켜고 은색 싱크대 앞에 섰을 때, 어디서 무슨 소리를 들었는지 이노마타 씨가 문자를 보냈다.

치히로 씨가 상당히 건강해진 것 같아서 좋습니다. 또 와인 들고 놀러 가고 싶은데.

은데, 로 끝난 문장을 보고 묘한 그리움이 밀려왔다. 손 꼽아 헤아려보고서야, 마지막으로 이노마타 씨를 만난 때가 두세 달 전이었다는 걸 알았다. 겨우 몇 달 사이에, 이렇게 변했다는 것도.

생각하고서, 솔직하게 회신을 보냈다.

전화가 걸려와 긴장한 탓에 냉장고에서 시원한 캔 맥주를 꺼냈다.

이노마타 씨는 왠지 화가 나 있는 듯했다. 나는 그에게 들리지 않게 살며시 캔을 땄다.

"이런 말 하고 싶지 않지만, 치히로의 몸이 목적이라고. 그쪽만 편한, 흔히 있는 편리한 관계. 또 위험한 남자에게 걸려들어서는."

"딱히 목적으로 할 만한 몸도 아닌데 뭐. 그리고 평소에는 평범한 회사원이고."

"회사원이면 다 착실한 사람이라는 거, 프리랜서의 착각이야. 나는 치히로가 걱정된다고."

그래, 이 사람은 언제나 나를 걱정했지, 하고는 고개를 끄덕인다.

하지만 나는 그가 나를 걱정해주길 바라는 것일까. 나는 이노마타 씨를 걱정한 적이 없다. 일방적으로 걱정하는 관계가 과연 대등한 것일까. 게다가 걱정해주면 뭐가 되었든

반드시 갚아야 한다. 괜찮지도 괜찮지 않지도 않다. 그것은 기쁨과는 좀 다른 것.

"미안해."

결국 그렇게 말할 수밖에 없었다.

이노마타 씨는 토라진 투였다.

"뭐, 어쩔 수 없지. 치히로가 변덕스러운 건 어제오늘 일이 아니니까."

변덕, 하고 마음속으로 중얼거렸다. 그렇다면 나의 옳은 모습과 본질은 이노마타 씨를 필요로 하는 나라는 것일까.

"그렇게 말한 건 아니잖아. 적어도 내 생각에는 그 남자 정상이 아닌 것 같고 치히로가 또 위험한 꼴을 당하는 거, 나 싫다고."

나는 어둑어둑한 창문으로 눈을 돌렸다. 아침인지 밤인지 분명치 않은 파란색.

"그래. 흔히 있는 관계일 수도 있고, 정상이 아닐지도 몰라. 하지만."

나는 숨을 씩씩거리며 반론을 펴려는 이노마타 씨에게 말했다.

"나, 그 사람을 좋아하나 봐."

그는 상처 입은 듯 침묵했다가 내뱉듯 말했다.

"아무튼 지금의 치히로 기분은 알았어."

나는 아무 말도 하지 않았다. 정말 그렇다. 앞일은 알 수 없다, 지금의 이 감정 말고는.

전화를 끊고 한 손에 캔 맥주를 들고 툇마루로 나갔다.

툇마루에 앉자, 마당에서 풀벌레 소리가 낮게 들렸다. 싸늘한 공기에 몸을 떨면서 밤하늘을 우러르자, 내일이면 꽉 차오를 달이 떠 있었다.

끝이 누레지기 시작한 풀이 흔들리고, 바다에서 밤바람이 불어온다.

나는 줄곧, 이노마타 씨에게 몹쓸 짓을 하고 있다는 기분이었다. 그런데 그것도 잘못이었다. 나를 그렇게 좋아했다면 그는 즐거웠을 것이다. 아주, 즐거웠을 것이다.

왠지 아무 이유도 맥락도 없이, 세이노 씨를 좋아하게 되었다는 걸 알았다.

모두가 떠나가 버린다고 생각했다. 하지만 그건, 내 마음이 어디에도 없는 게 들여다보였기 때문인지도 모른다.

아침에 세이노 씨를 보낸 다음, 찬밥으로 죽을 끓이려고 냉장고를 열었더니 달걀이 없었다.

간단히 준비를 하고 사러 나갔는데, 니시야부 씨가 하얀 스웨터에 검은 롱 스커트를 입은 모습으로 문밖을 청소하고 있었다. 그리운 옛 시절이 떠오르는 낡은 대나무 빗자루였다.

시선이 마주치자, 니시야부 씨는 낡은 대나무 빗자루를 들고 있어 부끄럽다는 듯 얼른 울타리에 세워놓고, 그러고 보니까, 하면서 가볍게 미소 지었다.

"아까 양복 입은 남자와 인사를 나눴어. 사려 깊은 분위기에 눈이 아주 커다랗던데. 친구야? 남자치고는 참 곱게 생겼다 싶던데."

나는 "그래요" 하고 애매하게 웃으며 고개를 끄덕였다.

그녀는 내 얼굴을 가만히 쳐다보더니 기억이 약간 떠오른다는 듯이 말했다.

"가야노 씨를 좀 닮은 것 같다는 생각이 들었어."

오랜만에 할아버지 얘기가 나와 신기한 감회를 느꼈다. 세이노 씨와 할아버지가 닮았다고 생각한 적은 없지만, 어쩌면 내 나이 탓에 그 둘을 연관 짓지 못했을 뿐인지도 모른다. 그녀로서는, 할아버지도 충분히 남자로 보였을 테니까.

니시야부 씨는 조금 전에 내가 연 나무 문 안을 힐금 보았다.

"저, 왜 그러세요?"

"아니야. 마당 손질도 깔끔하게 하고, 젊은 사람이 참하다 싶어서. 그런 일을 보통은 딸이 하잖아. 그런데 손녀가 집에서도 할 수 있는 일을 하고 있으니 안심이지."

구름 한 점 없는 파란 하늘을 올려다보자, 빛 속에서 솔개가 공기를 가르듯 힘차게 날고 있었다. 바람도 불지 않았다. 그런데도 상쾌할 정도로 공기가 싸늘했다.

"엄마가 좀 꼼꼼하지 못해서요."

"그런가. 가야노 씨는 엄청나게 꼼꼼한 사람이었는데, 별로 닮지 않은 모양이네."

그런가 봐요, 하고 대충 대답했다.

"꼼꼼하지도 않고, 자기 일로 벅차서. 니시야부 씨가 전에 말씀하셨던 것처럼, 이상한 남자가 제게 접근하는 데도 도와주지 않았고, 지금 그 얘기를 했더니 그런 남자는 없었다고 해요. 엄마에게는 없었던 일이 되었다는 게 정말 놀라웠어요."

가을바람이 잡초 사이를 헤치고 불어, 밀려오는 파도 소리처럼 멀리까지 울렸다.

니시야부 씨는 같은 여자의 마음 따위는 생소하다는 표정으로 난감한 듯 말을 찾았다.

"살다 보면 그런 일도 있지. 하지만, 거짓말은 하면 안 되지."

슬퍼야 할 텐데 왠지 웃음이 나와 "그렇죠" 하고만 대꾸했다. 나와 니시야부 씨는 각자의 집으로 돌아갔다.

세이노 씨의 연락이 뜸해졌다.

깊은 밤 3시쯤에 '택시 타고 지금 들어갑니다' 하는 간단한 문자가 왔는데, 아침이 되어도 그다음 말이 없으면, 그날 하루는 얽매인 듯한 기분이 들었다.

추운 1층에서 벗어나려고 계단을 올라가자, 2층은 공기가 조금 따뜻했다. 그런데도 발끝이 시려, 벽장에서 전기스토브를 끙끙거리며 꺼냈다.

카펫에 앉아 빨갛게 달아오른 빛을 쳐다보았다.

볼 위로 소리 없이 눈물이 흘렀다.

살짝 놀라 손으로 닦았다. 상처 입은 느낌은 없었다. 다만, 그의 부재가 슬펐다. 그래도 어쩔 수 없다는 기분도 들었다.

몇 주를 요양하는 것처럼 지냈다.

가마쿠라 역 앞의 아담한 카페에서 편집자를 만나, 내년 일정을 의논했다.

집으로 돌아갈 때 수평선 같은 파란 하늘을 올려다보고는 "역시 가마쿠라의 하늘은 넓네요" 하는 옆얼굴을 향해 맞장구를 치며 이대로 사라져버릴지도 모르는 세이노 씨를 생각했다.

밤에는 술을 마시지 않고 책을 읽었고, 목욕을 하면 바로 잠들었다. 아침에는 5시가 되기 전에 일어났다. 아무리

추워도 마당에 나가 잡초를 뽑고, 목도리에 얼굴을 묻고 금색으로 물든 새벽을 맞았다.

곱아서 감각이 없어지려는 손을 호호 불면서 도쿄로 돌아가자고 마음먹었다.

저녁때 먹을거리와 인테리어 잡지를 사 들고 와, 부엌 의자에 앉아 팔락팔락 넘기고 있는데 문자가 왔다. 전혀 기대하고 있지 않아서, 이름을 보고 놀랐다.

짧은 글이었다.

밖, 바다에서 같이 본 해 질 녘입니다.

위 속에서 싸늘한 것이 스멀스멀 기어 올라왔다. 지난 몇 주 동안의 인내는 뭐였나, 어차피 그쪽 기분인데, 하고 생각하자 참을 수 없었다.

나는 매일 혼자 보고 있습니다.

그렇게만 문자를 보냈다.

전원을 끄려는데, 다시 문자가 날아왔다.

오늘 마지막 전철이 될 텐데, 그래도 괜찮나요?

새삼스레 온다고 하면 곤란하지, 하고 생각했지만 가마쿠라를 떠난다는 소식만이라도 알리자 싶었다. 알겠어요, 하고 문자를 보내고는 전원을 꺼버렸다.

저녁을 먹고서 2층에서 책을 자르고 있었는데, 나도 모르게 곤히 잠들고 말았다.

눈을 떠보니, 무릎 덮개만 덮고 있는 몸이 뼛속까지 써늘했다. 밤 12시가 지난 시간이었다.

세이노 씨가 떠올라 휴대전화 전원을 켜자 20분 전쯤에 '역에 있는데 뭐 사 갈까요' 하는 문자가 와 있었다.

나는 벌떡 일어나 코트를 걸치고 밖으로 나갔다. 밤은 차갑고, 종종거리며 달리자 공기가 볼을 에는 듯했다.

어둠이 자욱한 역의 개찰구를 보았을 때, 벤치에 앉아 있던 세이노 씨가 놀란 듯이 눈을 번쩍 떴다. 나는 얼른 다가갔다.

"우아, 웬일이에요. 마중 나온 건가요."

그가 떨리는 숨을 토하면서 평소 말투로 말했다.

"미안해요. 저, 편의점에 들를까요?"

괜찮습니다, 하고 매정하게 고개를 젓는다.

어색하게 골목을 걸어 공터를 지났다. 보이지 않는 곳에서 벌레 우는 소리만 울렸다.

2층으로 올라가자마자, 등 뒤에 서 있던 세이노 씨가 말했다.

"미안한데."

돌아보자 그의 손가락은 이미 넥타이 매듭을 풀고 있었다.

"어?"

"오자마자 미안해요. 거래처 사람이 너무 술을 잘 마셔서, 지금 취기가 오르는군요."

나는 얼른 이부자리를 폈다. 그는 넥타이와 벨트를 풀고는 그대로 쓰러졌다.

잘 자요, 하고 말을 건넸더니 갑자기 끌어안아 깜짝 놀랐다.

나는 이쪽을 올려다보는 얼굴을 향해 말했다.

"이제 안 오는 줄 알았어요. 연락도, 한동안."

말을 가로막듯 그의 오른손이 볼에 닿았다.

"치히로 씨, 외로웠나 보군요."

세이노 씨는 반색하듯 웃고는, 평소의 통제가 풀린 것처럼 내 몸을 더듬었다. 주눅이 들어 몸을 비키려 할 때마다 강하게 끌어당겼다.

빠져들 뻔했지만 이내 정신을 차리고, 그의 부드러운 머리칼을 쓰다듬으면서 달랬다.

"세이노 씨, 오늘은 그냥 자는 게 좋겠어요."

그런데도 그는 안겨 들었다.

"자요."

세이노 씨는 아주 잠깐 놀란 눈빛을 보이고는 "네" 하고 작은 소리로 대답했다. 그리고 다른 사람이 된 것처럼 얌전히 잠이 들었다.

얼굴을 들여다보니, 눈 아래가 거뭇거뭇했다. 정말 바빴나 보네, 하고 실감하면서 양복을 옷걸이에 걸고, 마음 놓고 잘 수 있게 옆에 이부자리를 깔았다.

아침이 되고 보니, 어느 틈에 왔는지 그는 이쪽 이불 속에 있었다.

하얀 빛이 비치는 부엌에서 둘이 나란히 커피를 마셨다. 목욕을 해서 아직 머리가 덜 마른 세이노 씨는 꽤나 개운한 표정이었다.

"바빴어요?"

그는 응, 이라 대답하면서 눈을 비볐다.

"부하 직원 한 명이 그만두는 바람에, 그 사람 일을 보충하느라 토요일에도 계속 출근했어요. 그래서 가마쿠라 일은 다른 직원에게 맡기고, 거래처에 설명하러 가고. 언제 틈이 생길지 전혀 몰라서. 한동안 연락 못 해서 미안해요."

"그럼 일요일에만 쉬었어요?"

내가 물었다.

"원래도 주말에는 거의 잠만 잡니다."

"난 그런 걸 모르니까."

커피 잔을 든 채로 중얼거리자, 그가 이상하다는 듯이 "응?" 하고 되물었다.

"나는 회사에 다닌 경험이 없어서, 일주일에 하루밖에 쉴 수 없다거나 회사 사정으로 바쁘거나, 그런 게 얼마나 힘든지를 잘 몰라요."

다른 곳에서 접대를 하거나 출장을 다녀오는 길에 들르려면, 내가 상상하는 이상으로 버거울 것이다.

"나야말로, 이렇다 저렇다 말로 하는 게 서툴러서 걱정하게 했나 봅니다."

나는 고개를 저었다.

"참, 가마쿠라를 떠나서 도쿄로 돌아갈 거예요."

생각이 나서 말하자, 세이노 씨는 의외라는 듯이 "어" 하고는 물었다.

"어디 살 건데요?"

"아직 잘 모르겠지만, 도쿄에 살 때 방은 처리하고 이사를 할까 해요. 우에노나 혼고처럼 옛날 거리가 남아 있는 곳도 좋을 것 같고요."

세이노 씨는 살짝 눈을 깜박거리고는 말했다.

"우에노는, 우리 회사에서 전철로 네 정거장이에요."

놀라서 "그래요" 하고만 말했다. 어떻게 판단하면 좋을지 당황스러웠다.

"도쿄에 오면, 이사 기념으로 우에노에서 식사합시다. 내가 데리고 갈게요."

세이노 씨는 잔을 비우고는, 그렇게 말했다. 그리고 "실은 오늘도 할 일이 있어서 출근해야 합니다" 하고 설명하면서 일어섰다.

2층에서 양복을 가져와, 현관에 있는 세이노 씨에게 건넸다.

"혹시 아침 먹을 수 있는 가게, 이 주변에 있나요?"

나는 잠시 생각하고 대답했다.

"해변 근처에 해물 덮밥을 하는 가게는 있는데."

세이노 씨는 짧게 고개를 끄덕이고는 같이 가자고 말했다.

"네? 전에 아침은 안 먹는다고."

"괜찮아요. 같이 가요."

나는 바로 윗도리를 가지러 갔다. 2층 문틀에 걸어둔 옷걸이에서 옷을 빼내면서 '밥을 먹으러 갈 뿐인데 허둥대다니 여고생 같네' 하는 생각에 스스로도 어이가 없었다.

둘이 해안 길을 걸었다. 살짝 빗어 넘겼을 뿐인 머리가 바닷바람에 흩날렸다. 구름 사이로 푸른 하늘이 보였다.

아담한 정식집에서, 지리멸 덮밥과 참치 회덮밥을 주문했다. 장아찌와 된장국이 따라 나왔다.

세이노 씨와 마주 앉아 된장국을 후르륵 마셨더니, 왠지 우스워서 웃고 말았다.

"뭐, 묻었나요?"

"그런 게 아니라, 왠지 좀 신기해서."

"괜찮으면 얘기를 할까요."

"네, 얘기해보세요."

"지난주에 거래처 설명회 때문에 종일을 떠들었어요."

나는 양복을 반듯하게 차려입고 마이크를 손에 든 세이노 씨를 상상했다. 반하겠는데, 하고 생각했지만 다른 질문을 했다.

"그래서 잘됐어요?"

"아니요, 버벅거렸죠."

나는 목에 뭐가 걸린 것처럼 약간 컥컥거렸다.

세이노 씨가 씁쓸하게 피식 웃고는 말했다.

"역시 맨 정신으로 말하려니까 잘 안 되는군요. 재미가 없어요."

"지금 한 말은 조금 재미있었어요."

나는 고개를 저으며 말했다.

역까지 가는 도중에, 우리보다 훨씬 자연스럽게 팔짱을 끼고 서로 기대어 걸어가는 감색 교복 차림의 남녀 학생이 있어 무심코 바라보았더니, 세이노 씨가 옆에서 물었다.

"치히로 씨, 불만스러운 겁니까?"

나는 잠시 생각하고서, 말없이 고개만 저었다.

"당신에게는 당신 나름의 신조가 있고, 그걸 억지로 바꿀 생각은 없어요. 지금 이대로도 충분히 행복하다고 느끼는 때도 있어서."

그렇게 말하는데, 세이노 씨가 다시 입을 열었다.

"나는 치히로 씨에 대해서 아직 잘 모르고, 일하는 분야도 전혀 달라서 모르는 게 많습니다. 게다가, 나는 원래 사랑이나 연애를 그렇게 필요로 하지 않는 인간이에요. 다만, 거래처에서 회사로 돌아올 때는 늘 저녁때입니다."

얘기의 앞뒤가 전혀 이어지지 않아, 다소 어리둥절해진 나는 "아아" 하고 중얼거렸다.

"해 질 녘의 파란 하늘을 보면 생각나요. 치히로 씨가."

세이노 씨의 목소리는 무척 고요했다.

"와줘서, 정말 기뻤어요."

나도 그렇게 말했다.

관광객으로 붐비는 역 앞에서, 잡고 있던 손을 놓았다.

세이노 씨는 돌아보면서 말했다.

"어젯밤에는 무리하게 실례를 했으니, 도쿄에 와서 자리가 잡히면 이른 시간에 만나 느긋하게 지내죠."

잠시 머뭇거리다 나는 정신을 차리고 "네" 하고 대답했다.

"다녀오겠습니다."

"다녀오세요."

나는 도쿄로 돌아가는 그의 등에 대고 그렇게 대답했다.

건널목 차단기가 올라가길 기다리는 동안, 몰아치는 바람에 몸을 웅크리고 목도리를 꼭꼭 여몄다.

화창한 가을 하늘, 플랫폼 너머 집들의 마당도 알록달록 물들기 시작했다. 전철이 들어오는 소리가 들리고, 머리칼을 귀 뒤로 넘기던 손가락이 귓불의 피어스에 닿는 순간, 나는 불현듯 깨달았다.

잊고 있었다, 하고.

그렇게 아팠던 일. 떨리는 손으로 포크를 거머쥘 만큼 슬펐던 일. 이제는 기억나지 않는 여름의 습기처럼.

돌아가자, 도쿄로. 어차피 진정한 의미의 같은 장소는 없으니까.

무슨 일이 있을지 알 수 없다는 걸, 지금의 나라면 조금은 즐길 수 있을 것 같다.

겨 울 의 침 묵

그 비 내리던 밤,
연기가 자욱한 가게 안에서 처음 만났을 때부터,
눈에 보이는 것은 물론
듣는 음악, 손에 닿는 것 모두가
오직 한 사람을 떠올리게 하는 전원이 되고 말았다.

나는 칸막이도, 아무것도 없는 실내를 돌아보았다. 빛은 창문 두 개에서 비치는 햇살만으로도 가득했다.

"사무실로 적합한 물건이지만, 글을 쓰시는 분이라고 하니 이런 곳도 괜찮을까 해서."

사이즈가 맞지 않는 슬리퍼를 신고 타박타박 걸어 다녔다. 싱크대는 새로 교체했는지, 비교적 새것이었다. 벽장과 화장실 문 말고는 정말 아무것도 없다. 그저 휑했다. 빈 상자 같다고 생각했다.

"다섯 평이라고 했나요?"

그렇게 묻는 말소리가 약간 울렸다. 학생들이 아직 오지 않은 텅 빈 발레 교실 같기도 했다. 어렸을 때, 엄마가 억지로 다니게 한 적이 있었다.

하늘하늘한 의상에도, 사람들 눈에 띄는 것에도 관심이 없었던 나는, 다른 여자아이들의 화사함에 적응하지 못하고 일주일 만에 그만두었다.

"다섯 평입니다. 하지만 이렇게 넓은 걸 보면 더 될지도 모르겠는데요."

나는 벽에 손을 대보았다. 군데군데 생채기가 있지만, 하얀 벽지는 아직 깨끗했다.

창문을 열자, 도롯가에 있는 건물인데도 4층이라 그런지 소리가 올라오지 않았다. 길 건너에 한낮의 놀이공원이 보였다. 관람차가 천천히 돌고 있다.

꼭대기까지 올려다보자, 보얗고 투명한 반달이 떠 있었다. 창문을 닫고, 화장실 손잡이를 잡았다.

"화장실과 욕실이 일단은 분리되어 있습니다."

부동산의 젊은 남자가 설명했다.

열어보니, 탈의실은 없고 화장실을 지나 욕실로 들어가게 되어 있었다. 빨래 바구니를 놓아도 움직일 수 있을 정도의 여유는 있지만, 편리할지 불편할지 판단이 서지 않는다.

문을 탁 닫고, 돌아보았다.

바닥은 마루도 다다미도 아니다. 오래된 건물 특유의 낡은 카펫이 쫙 깔려 있다.

"어떠세요?"

거의 포기한 것처럼 묻는 남자에게, 나는 고개를 끄덕여 보였다.

"여기로 할게요."

"네? 아, 정말요?"

그렇게 솔직하게 반응해서 밥벌이를 할 수 있을까 걱정 스러울 만큼, 그는 순순히 놀랐다. 이마를 드러낸 짧은 앞 머리가 그야말로 부동산업을 하는 젊은이다웠다.

"벽이 넓어서 편리할 것 같아요. 직업상 책장이 많아서."

"아, 그렇군요. 다행입니다. 마음에 드신다니."

나는 고맙다고 하면서 머리를 숙였다.

그리고 기뻐하는 그와 함께 검은 업무용 차를 타고 부동 산으로 돌아가, 바로 가계약을 했다.

가구점 침구 매장에는 침대가 죽 진열되어 있었다.

순서대로 하나씩 걸터앉아봤다. 어느 크기로 하면 좋을 까 싶어 잠시 고민했다.

시험 삼아 신발을 신은 채 싱글 베드에 누워 조심스럽게 다리를 오므렸다. 이사하기 전의 방에서는 이 사이즈로 충 분했다. 가마쿠라의 할아버지 집에서는 이부자리를 깔고 잤으니 아무 문제가 없었다.

몸을 약간 옆으로 비틀자, 바로 바닥이 보였다.

덩치가 큰 사람도 아니고, 이불을 두 채 깔아봐야 거의 한 이불에서 같이 잤으니 별 불편은 없을 것이다. 그러나 여유가 있는데 딱 붙어 자는 것과, 여유가 없어서 딱 붙어 자는 것은 심적으로 차이가 있게 느껴졌다.

그렇다고 기껏해야 일주일이나 2주에 한 번 자고 가는 상대를 위해 넉넉한 사이즈의 침대를 살 필요가 있을까. 게다가 언제까지 계속될지도 알 수 없는데.

"손님, 어떠세요?"

여자 점원이 시야를 가로막으며 웃는 얼굴로 물었다. 나는 창피해서 일어났다.

"굉장히 편하네요."

"감사합니다. 가격에 비해 상당히 질 좋은 스프링을 사용해서 우리 매장에서 가장 잘나가는 상품이에요. 싱글 베드를 찾으시나요?"

잠시 침묵하고는, 침대에서 다리를 내려놓으면서 솔직하게 대답했다.

"싱글로 할지, 세미더블로 할지 망설이는 중이에요."

"손님께는 싱글이라도 충분하겠지만, 요즘은 혼자 사시는 분들도 세미더블을 구입하는 경우가 많아요. 일하고 돌아와서 느긋한 잠으로 피로를 풀고 싶어 하는 분들이 많으니까요. 방에 여유가 있다면 세미더블을 추천하고 싶네요."

나는 가방에서 도면을 꺼내 넓이를 확인하면서, 그 횅한 실내를 떠올렸다.

잠시 쉴 겸, 가게 안에 있는 카페에 들렀다. 종이컵에 홍차를 담아 옆에 놓고, 도면에 가구를 그려 넣자 마치 테트리스 같았다. 칸막이가 없어 불편할 수도 있지만, 가구 배치를 마음대로 할 수 있다는 게 재미있어, 몇 번이나 지웠다가 다시 그려 넣었다.

이사하기 전, 도쿄의 호텔에 묵고 있을 때 세이노 씨가 한 번 찾아왔다. 늦은 밤에 문을 열자, 양복 위에 코트를 걸친 남자가 서 있었다. 촘촘한 헤링본 무늬를 보고, 겨울이라는 걸 실감했다.

"이사하는 날, 정말 돕지 않아도 되나요?"

그가 들어와 코트를 벗으면서 물었다.

"이삿짐 센터 직원도 있고, 혼자 하는 게 마음 편해요."

고개를 끄덕이며 그렇게 대답하자, 그가 웃었다.

"왜 웃는데요?"

"나와 치히로 씨는, 가끔 비슷해요."

침대가 바뀌어서인지 서로를 안는 각도도 힘도 달랐다. 고요하고 깊었다.

이불에 파고들자, 세이노 씨가 뜬금없는 말을 했다.

"닛코 도쇼구에 갔던 부하 직원이 뼈가 부러졌어요."

나는 어떻게 반응하며 좋을지 몰라 되물었다.

"그렇게 격한 활동이 필요한 관광지였나요, 닛코가?"

"치히로 씨 재미있네요."

세이노 씨는 살짝 웃으면서 말했다.

"그녀와 관광을 하고 있는데, 도미노처럼 줄줄이 쓰러졌답니다."

"그래서 뼈가 부러졌군요."

세이노 씨는 나이가 나이다 보니, 하고 절절하게 말하고는 서로의 드러난 어깨에 이불을 덮었다.

날씨가 좋은 평일, 이사는 반나절 만에 끝났다.

공간을 구분하려고 높은 책장을 샀더니, 조립하느라 밤이 되도록 고전했다.

군데군데 물집이 생긴 손바닥을 비비면서, 간신히 완성된 새하얀 칸막이용 책장을 올려다보고는 쉴 틈도 없이 할아버지의 책과 내 책을 꽂기 시작했다. 절반 정도 정리가 끝나자, 밤 10시였다. 집에서 나와 걸어서 편의점에 갔다.

도시락과 녹차가 담긴 비닐봉지를 들고 돌아왔다. 열린 자동문 너머에는 오가는 무수한 차와 휘황하게 빛나는 놀이공원이 있었다. 아아, 도쿄네. 돌아왔다.

종이 상자가 쌓인 실내에서, 노트북을 펼쳐놓고 편의점 도시락을 먹으면서 일을 했더니, 피로와 잠이 한꺼번에 몰려와 침대에 파고들었다.

벽 같은 책장으로 나뉜 침실 공간이, 조금은 가마쿠라의 2층 같았다. 가마쿠라의 집은 민박을 하고 싶어 하는 부부에게 팔려, 철거는 면하게 되었다. 내달부터야 겨우 본격적인 보수 공사에 들어가는 듯했다.

일을 다시 시작했더니, 이전과 조금 다른 것이 있었다.

시바타 씨만큼은 아니어도, 편집자 중에는 이상하게 여자 취급을 하거나 거슬리는 말을 하는 사람이 있다. 그런 때, 예전 같으면 내 탓일지도 모른다는 생각에 전전긍긍하다 괜히 지치고 말았는데, 요즘은 그렇지 않다.

"볼일이 좀 있어서, 이만 일어날게요."

그렇게 대화를 끝내고 자리에서 일어섰다. 그러면 상대도 정신을 차린 것처럼 아주 공손한 얼굴로 돌아가 이렇게 말했다.

"귀중한 시간을 내주셔서 감사합니다."

금요일 밤에 세이노 씨가 거래처와 회식을 끝내고 찾아왔다. 평소처럼 양복을 벗고 넥타이를 풀고, 은색 커프스버튼을 테이블에 톡 내려놓았다.

사 들고 온 맥주를 보여주기에, 내가 접시에 안주를 담아 내놓자 바로 맥주를 땄다. 마디 없는 손가락은 팔다리만큼이나 길었다.

"왜 그래요, 치히로 씨?"

빤히 쳐다보는 나를 이상하게 여기면서 그가 물었다.

"세이노 씨를 만나고부터, 나 조금 변했어요."

그렇게 속내를 털어놓자, 그는 뜻밖이라는 듯이 돌아보며 진지하게 물었다.

"그거, 좋은 변화인가요?"

"네."

나는 고개를 끄덕이면서 대답했다.

세이노 씨는 쑥스러운 듯 씩 웃었다. 이 사람은 쑥스러우면 한 손으로 입을 누른다.

맥주 때문에 난방을 세게 틀어놓아 점점 화끈거리는 볼을 손바닥으로 감쌌더니, 사실은 나도 타인과 과도하게 섞이는 걸 불편해하는지도 모른다는 깨달음이 찾아왔다.

방이 정리되고, 근처 슈퍼마켓의 어디에 뭐가 있는지 파악했을 무렵에는 거리의 소음에도 익숙해졌다.

벽장에는 새 스웨터 몇 벌과 활동성보다는 아름다움을 중시한 치마와 유행하는 스타일의 코트가 걸렸다.

일을 하다 보니 회식 자리가 늘었다. 출판업계 내에 떠도는 소문과 영화화된 외국 작품과, 최근에 데뷔한 신인 작가의 이름도 알게 되었다.

그런데도 세이노 씨는 변함없이 찾아왔다.

근처에 있는 갈비구이집이나 닭꼬치구이집에서 식사를 하면, 마지막에 계산을 치렀다. 그리고 아파트로 돌아와, 내가 준비한 맥주를 마셨다. 그러나 몇 번을 와도, 멋대로 냉장고를 여는 일은 없었다. 그나마 욕실을 느긋하게 사용하게 된 것이 그 남자다웠다.

테이블에 턱을 괴고 그의 젖은 머리를 보고 있던 내가 불쑥 말했다.

"몇 년 전에 아주 잠깐 회사원과 사귄 적이 있어요. 대학 졸업하자마자 바로."

세이노 씨는 "오" 하는 소리를 흘렸다. 질투도, 다른 뜻도 없는 순수한, 오.

"즐거웠나요?"

나는 잠시 생각했다.

"나도 질투를 하는 편인데, 그쪽은 훨씬 더 심한 사람이더라고요. 다른 남자와 단둘이 만나거나 하면. 그런 게 힘들어서 헤어졌어요."

"아하, 그래서 아까 밥 먹을 때 가게 언니가 내게 말 걸어서 치히로 씨 기분 나빴어요?"

세이노 씨가 그렇게 지적해서, 나는 퉁명하게 "아니에요"
하고 부인했다.

"그런 게 아니라."

"그런 게 아니라?"

"아무것도 아니에요."

나는 말을 흐렸다.

"수상한데요."

세이노 씨가 웃으며 말했다.

얼버무리려고 맥주를 마셨다. 사실은 질투가 아니다. 왜
냐하면 이 사람은 내 것이 아니니까.

가마쿠라에서는 그저 막연하게 아름답다고 느꼈는데,
도쿄로 돌아와 사람들의 시선이 늘어난 탓에 더욱 객관적
으로 그를 의식하게 되었다. 이런 사람이 번듯한 직장에 다
니지 않거나, 누가 봐도 여자라면 사족을 못 쓰는 인간이
라면, 그나마 이해가 간다. 매주 반듯한 양복 차림으로 찾
아와 역시 반듯하게 술을 마시는 모습과 관계성의 차이에,
때로 몹시 당황스러웠다.

"세이노 씨는 나를 구속하고 싶은 때가 없어요?"

없는데요, 하고 그는 바로 대답했다.

"그건 인간의 존엄성을 해치는 일이죠."

그런 단언이 너무도 그 사람다워, 대답으로서는 바람직했지만 동시에 조금 얄밉다는 기분도 들었다.

"세이노 씨의 방을 본 적이 없어요."

취한 김에, 골치 아픈 말을 하고 말았다.

세이노 씨는 여전히 차분한 표정으로 딱 잘라 대답했다.

"다른 사람을 들여놓은 적이 없습니다."

혹시 다른 사람이 있어서가 아닐까 했는데, 있다 해도 나와 세이노 씨 사이에는 아무 약속도 없으니 달라질 것은 없다. 그런데도 일단 되물었다.

"그래요?"

"네."

그는 또 분명하게 말하면서 고개를 끄덕였다. 이게 거짓말이라면, 이 사람은 진실보다 거짓말을 훨씬 더 굳은 의지로 말한다고 생각하게 하는 명확함으로.

"왜요?"

"타인의 기척이 섞이는 걸 싫어합니다."

내 방에 당신 기척이 섞이는 건 어쩔 건데 하고 생각했지만, 그렇게 추궁할 수 없을 만큼 이 사람의 기척은 희미했다.

기분 전환을 하려고 일어나 부엌 창문을 열자, 어둠 속에서 바람이 흘러들었다. 그 청결하리만큼의 차가움과 매

끄러움을 피부로 느끼면서 문득 세이노 씨는 바람이라고
생각했다.

돌아보니, 일어나 와이셔츠를 벗은 그가 러닝셔츠 바람
으로 웃으면서 두 팔을 활짝 벌렸다. 다가가 품에 안기자,
그가 놀라 소리를 지르다시피 말했다.

"와, 왜 이렇게 말랐어요. 치히로 씨, 밥은 먹고 살아요?"

그 순간, 말을 잃었다.

세이노 씨가 팔을 내리고 "같이 잘까요?" 하고 물었다.
나는 살랑살랑 고개를 끄덕였다.

어두운 침대 안에서 껴안으며, 옛날에 읽었던 데라야마
슈지의 단가를 마음속으로 읊조렸다.

바다 모르는 소녀를 앞에 두고 밀짚모자 쓴 나는
한여름 바다 얘기하려 두 팔 한껏 벌리네

세이노 씨가 수평선을 재듯 양팔을 벌리는 몸짓은, 역시
시바타 씨를 닮았다.

도쿄에 돌아온 후로, 그에 대해서 타인에게도 조금씩 얘
기했다.

그래봐야 그냥 불장난이라는 표정을 짓거나 그 사람에

게서 얻을 건 조금도 없다며 깨우치려 들어, 말하지 않는 편이 좋다는 걸 깨달았다.

"뭘 주지 않는 것은 맞지만, 뭘 빼앗지도 않아요."

한 번은 그렇게 반론을 폈더니, 나보다 나이 많은 남자가 냉정하게 이런 말을 했다.

"여자의 시간을 미래에 대한 아무 약속 없이 착취하는데, 아무것도 빼앗지 않는다고 할 수는 없죠."

그 후로는 세이노 씨 얘기를 일절 하지 않았다. 그러는 동안에도 시간의 모래만큼은 사륵사륵 떨어졌다.

언젠가 후회할 날이 올까 하고 상상해봤지만, 아직 실감은 나지 않았다.

밤중에 조용히 일을 하고 있는데, 칸막이 겸 책장 뒤 어둠에서 세이노 씨가 나타났다.

"내가 깨운 거예요?"

아니, 하면서 그가 발치에 놓인 서류 가방에서 노트북을 꺼내 들고 의자를 당겼다.

식탁에 노트북 두 개의 불빛이 켜졌다. 서로가 키보드를 치는 소리만 울렸다. 나는 세고 빠르게 치는데, 세이노 씨는 똑같이 빠르게 쳐도 거의 소리가 나지 않았다.

"내가 좀 시끄럽죠."

왠지 부끄러워서 그렇게 말하자, 세이노 씨는 "아니" 하면서 살며시 웃었다.

"지금 무슨 일 하고 있어요?"

그가 묻기에 나는 키보드 치던 손을 멈췄다.

"새 단편 의뢰가 들어왔어요. 아까 갑자기 첫 글귀가 떠올라서 써두려고요."

"그런 의뢰가 들어오면, 치히로 씨가 쓰고 싶은 걸 100퍼센트 쓸 수 있나요?"

세이노 씨가 거푸 질문했다.

"쓰고 싶은 걸 쓸 수 없다? 구체적으로 어떤 상황을 말하는 건가요?"

"예를 들어서 구체적인 내용을 지정한다든지, 이러저러하게 해달라는 주문이 있다든지. 상업적으로 그런 제약이 있나 싶어서요."

일 얘기가 나오면, 왠지 남자끼리 얘기하는 기분이 든다. 나는 커피를 한 모금 마시면서 설명했다.

"소설의 경우에는 그렇게까지는 없어요. 구체적인 지정이 있을 때도 나름 재미있지만요. 제약이 있으면, 그 틀 안에 스토리를 잘 녹여냈을 때의 쾌감도 있으니까."

세이노 씨는 흥미로운 듯이 얘기를 들었다.

"세이노 씨는 지금 뭐 하는데요?"

"부하 직원이 고객용으로 쓴 상품 소개서를 첨삭하고 있습니다. 솔직히, 이런 거 잘 못해요."

"도와줄까요?"

"정말?"

세이노 씨가 반색하는 목소리로 되물었다.

어째 정말 감당이 안 되는 모양이다. 빙글 돌아, 그의 등 뒤에서 화면을 들여다봤다.

"한 문장이 너무 길어서 잘 읽히지 않으면 의미를 파악하기도 어려워요. 좀 더 짧게 잘라도 좋을 것 같은데. 그리고 여기 한자는 오히려 푸는 게 좋겠어요."

"푼다고요?"

진지하게 되물었다. 부드러운 머리카락이 바로 눈앞에 있다.

"한자 말고 우리말로 쓰라고요."

"아, 그렇군. 이렇게 하면 되나요?"

그가 그렇게 말하고 눈을 깜박거렸다.

"그리고 여기 이 문장은 흐름상 앞뒤를 바꾸는 게 좋아요."

"오오, 대단한데요. 치히로 씨, 역시 프로입니다."

나도 모르게 씩 웃고는 "그러네요" 하고 맞장구를 쳤다. 왠지 알콩달콩 노는 것 같아, 별것 아닌 대화인데도 기분 좋았다.

그러면서 새벽 3시까지 시간을 보낸 탓에, 흔치 않게 아무 일 없이 한 침대에서 잠들었다.

"가마쿠라의 집도 좋았지만, 겨울에는 지내기 힘들었을지도 모르겠군요. 특히 욕실은."

다음 날 아침, 샤워를 한 다음 따끈한 홍차를 마신 세이노 씨가 그런 감상을 말해서, 나도 그렇다고 생각하면서 잔에 우유를 따랐다.

잔을 입에 댈 때, 문득 생각나고 말았다.

"참, 크리스마스는 어떻게 해요?"

"조카들 보러 갑니다. 산타클로스 역할이에요."

세이노 씨는 주저 없이 대답했다. 처음 친척 얘기가 나와서, 나는 속으로 깜짝 놀랐다.

"조카들이 있나 보네요."

"네, 친누나는 아니지만."

친누나는 아니지만 누나가 있었네. 그러나 관계성은 여전히 수수께끼다.

"그럼 무슨 누나인데요?"

나는 신중하게 되물었다.

아, 하면서 세이노 씨는 온화한 표정을 한 채 고개를 끄덕였다. 더는 파고들지 못할 온화함이다.

"어렸을 때부터 많이 귀여워해줘서, 지금도 사이좋게 지

냅니다."

"좋겠네요."

"치히로 씨는요? 본가에 안 가나요?"

"어린아이도 아닌데. 크리스마스 때는 잘 안 가요. 설날에도 딱히."

그렇게 대답하고 나자, 불쑥 울고 싶을 정도로 절박한 기분이 밀려와 동요했다. 숨이 막힐 것 같은데, 꾹 참는다.

일하러 가는 그를 배웅하기 위해, 나는 얼굴을 숙이고 현관으로 나갔다. 세이노 씨가 현관 앞에서 두 팔을 벌리고 안으려 했지만, 나는 웃으면서 얼른 몸을 피하고 말았다.

그가 떠나고, 나는 테이블에 남아 있는 잔을 치운 후 냉장고를 열었다. 물을 끓여 국을 만들고 당면을 넣으면서, 조금 전 내 안에서 발견한 감정을 천천히 풀어갔다.

나도 모르게 위안 삼고 있었던 것이다. 그가 나보다 고독한 듯해서.

하지만 조금 전 푸근하게 웃는 얼굴을 보고, 나는 질투를 했다. 그의 친척을 향한 질투인지, 아니면 그 자신에 대한 질투인지 알 수 없었다. 아마 양쪽 다일 것이다.

저녁때, 편집자와 미팅이 있어 거울 앞에서 화장을 하고 있는데, 갑자기 문자가 왔다.

전혀 예상치 못한 상대여서 놀랐다.

요즘 어떻게 지내? 시간 있어?

도쿄에 돌아왔다고 전하자, 왕자는 놀란 듯이 바로 또 문자를 보냈다.

이번 주말에 촬영이 있어서 들르려고 했는데. 그럼 오늘 밤에도 도쿄?

긴자에서 미팅이 있다고 전하자, 공이 튀어서 되돌아오 듯 또 문자가 왔다.

롯폰기에서 한잔하자. 11시쯤 어때? 가야농, 보고 싶어.

곰살스럽게 덧붙인 것이 뻔한데도 여전히 위력을 발휘하는 마지막 말을 빤히 쳐다보면서, 역시 젊은 사람은 성장이 빠르네, 하고 속으로 중얼거렸다.

'은신처'라고 불리는 종류의 바였지만, 문을 열자 회원제는 아닌지 어두컴컴한 실내에 일반 손님도 있는 듯했다.

검은 복장의 바텐더에게 이름을 전하자, 계단을 올라가 다락방에 가까운 반 독실로 안내해주었다.

벽 쪽을 향한 소파에 앉아 있던 왕자가 빙글 몸을 돌리고 한 손을 들었다. 파카에 달린 모자를 쓰고 있을 뿐, 딱히 변장은 하지 않았다. 테이블 위에서 흔들리는 촛불과 왕자의 얼굴을 번갈아 바라보고는, 바텐더에게 고맙다고 말하고 소파의 옆자리에 앉았다.

"괜찮아? 이렇게 단둘이 마셔도."

"나중에 친구가 차 가지고 데리러 올 거야. 새벽까지 파티를 한다니까, 얼굴은 비쳐야지."

빠듯한 일정과 일정 사이에 나와의 만남을 끼워 넣는 점은 변함없다.

왕자는 호사스러운 프루트 칵테일을 빨대로 마시면서, 뭐든 원하는 걸 주문하라고 했다. 나는 마티니를 주문했다.

잔을 들자, 왕자가 당연하다는 듯이 손에서 잔을 낚아챘다.

"우아, 독하다. 이런 걸 잘도 마시네."

왕자에게 잔을 돌려받은 나는 "오늘은 웬일이야" 하고 물었다.

"작사, 관심 있어? 음악 만드는 사람이 찾고 있는데."

"음. 나, 음치라서."

"가사뿐인데 뭐. 음감은 관계없잖아."

"아니, 어감이나 리듬도 중요해."

왕자는 흐음, 하고 간단히 받아 넘기고는 다른 말을 했다.

"그럼, 이쪽은? 웹사이트의 광고 동영상. 영상에 올릴 시 같은 문장을 써줄 사람을 찾는다는데."

아직 편집 중인 동영상을 보니 엷은 색채감이 아름답고, 등장하는 아이들도 모두 맑은 느낌의 소녀들이었다.

"좋네. 내가 좋아하는 분위기야."

"정말? 할래?"

왕자가 신이 나서 다짜고짜 말해, 나는 당황해서 출판사를 통해 정식으로 의뢰해달라고 부탁했다.

"알았어. 그럼, 출판사 연락처 가르쳐줘."

나는 의외다 싶어서, 왕자의 옆얼굴을 가만히 쳐다보았다. 그가 이상하다는 듯이 이쪽을 향했다.

"일 얘기 때문이었구나."

"유혹할 줄 알았어?"

반사적으로 입을 다물자, 왕자는 놀리듯 웃었다.

"가야농, 지금 남자 있잖아."

"있다고 해도 되는지, 잘 모르겠어."

그만 속내가 나오고 말았다. 왕자가 갑자기 걱정스러운 눈빛을 보이면서 물었다.

"왜, 잘 안 돼가?"

나는 마티니를 마셨다. 차가운 액체가 목을 태운다.

"전에 했던 말, 진심이었네."

내가 화제를 바꾸자 "전에 뭐?" 하고 되물었다.

"인맥을 넓혀서 할 수 있는 걸, 어쩌고 했잖아."

"아, 가야농처럼 제로에서 뭘 만들어내는 건 역시 굉장하다고 생각해. 하지만 작가들은 좁은 세계에 갇혀 있는 경향이 있다고 할까, 거기에서 벗어나 좀 더 넓히면 화학 반응이 일어나 재미있는 일도 많을 것 같은데, 아까워."

그제야 이 남자는 내가 생각하는 것보다 많은 것을 보고 듣고 생각하고 있다는 걸 깨달았다. 그리고 이렇게 진정한 의미에서 제대로 얘기하는 것도 처음이었다.

그날 밤은 무척 즐거웠다. 처음 사람과 사람으로 만난 기분이었다.

바텐더가 살며시 다가와 사람이 데리러 왔다고 전하자, 왕자는 재빨리 계산을 치르고 경쾌하게 말했다.

"또 보자. 그 남자랑 헤어지면 데이트도 하고."

그러고는 나를 소파에 남겨두고 한발 앞서 바의 계단을 내려갔다. 나는 고맙다고 말하고, 그 뒷모습을 바라보았다.

아주 조심스레 칵테일을 딱 한 잔 추가 주문해서 마시고 바에서 나왔다.

아자부의 뒷거리는 주차장과 거대한 저택의 울타리로 둘러싸여 있어 살풍경했다. 그런 만큼 하얀 달만 인상에 남았다.

오랜만에 교수에게 메일을 보냈다.

도쿄로 돌아왔다는 것. 의외로 순조롭다는 것.

그리고 어이없어 할 걸 알면서도, 가을에 알게 된 남자와 정의할 수 없는 거리감으로 지내고 있다는 것.

며칠이 지나서야 회신이 왔다.

학회 때문에 독일에 다녀왔다, 도쿄로 돌아왔다니 이번 달 중에 만나 차라도 마시자, 하는 내용이었다. 메일을 읽고, 걱정하고 있다는 걸 감지했다. 당연하다. 내가 반대 입장이었어도 똑같이 걱정했으리라.

다음 주 낮에는 시간이 빈다고 메일을 보냈더니, 신주쿠교엔 근처에 있는 카페를 만날 장소로 지정했다.

신주쿠 역에서 죽 걸어가자, 마른 가로수 길가에 카페가 있었다. 빨간 지붕과 오픈 테라스. 바람을 막기 위한 비닐막이 쳐져 있고 스토브도 놓여 있어, 바깥 테이블에도 손님이 있었다.

카페 안은 손님들로 꽉 차 테라스 자리로 안내받았다. 따뜻한 공기가 고여 있고, 정말 그렇게 춥지 않았다.

홍차가 나왔을 때, 짙은 감색 코트를 걸친 교수가 허둥지둥 나타났다.

"미안하군. 나오기 직전에 질문하러 온 학생이 있어서. 오호, 의외로 안색이 좋아 보이는데."

나는 고개를 끄덕이고, 바쁘신데 나와주셔서 고맙다고 말했다.

"그건 피차 마찬가지지. 요즘 들어 다시 열심히 하고 있는 것 같던데. 카페오레 부탁합니다."

교수는 깔끔한 치노 바지를 입은 다리를 살짝 꼬고는 테이블에 턱을 괴었다.

"무슨 일이야? 긴장하고 있는 것 같은데."

그렇게 물어, 나는 씩 웃고는 속내를 말했다.

"사실은, 혼나는 거 아닌가 해서요."

"다 큰 어른을 혼낼 수 있나. 그런 자책감은 여전하군."

"하루아침에 그렇게까지 변할 수는 없잖아요."

교수는 만족스럽게 웃고는, 불쑥 심각한 표정으로 질문했다.

"돈을 뜯기거나 폭력을 당하거나, 보이지 않는 정신적 지배를 받는 일은?"

"그런 일은 없어요. 하지만 옳지는 않아요. 남이 보기에는 그저 육체적인 관계에 지나지 않을지도 몰라요. 그런데

도 왜 거기에 소중하게 여기고 싶은 것도 있으리란 기분이
드는 건지.”

“그래도 좋아하는 거지?”

나는 잠시 머뭇거리다 “네” 하고 인정했다.

“지는 해가 아름답고 적막하고 아쉬운 것과 비슷한 감정
이에요.”

교수는 턱을 괸 채 물었다.

“그 감정은 고통스러운 것인가?”

나는 고개를 저었다.

“한순간이 한순간에 불과하다는 게, 예전만큼은 무섭
지 않아요. 물론, 잘못된 만남이 아닐까 싶어 종종 흔들리
지만.”

“서로 닮은 부분이 있는 모양이군. 스스로 자신을 위로
하는 면이 있으니, 가야노 씨의 회복에 도움이 될 수도 있
겠어. 다만 그 사람은, 가야노 씨가 원하는 걸 평생 주지 않
을지도 몰라. 그걸 무너뜨리면 가야노 씨가 긍정해주고 사
랑해주는 위치에 있을 수 없게 되니까 말이지. 메일에 기둥
서방이 되고 싶어 했다는 말이 쓰여 있던데, 요는 정신적인
의미겠지.”

나는 그렇겠죠, 하고 동의했다.

“그건 안 되는 걸까요?”

내가 그렇게 중얼거리자, 교수는 잠시 침묵했다.

발치에 뭔지 모를 몽글몽글한 것이 지나갔다.

엷은 갈색 털의 보들보들한 강아지가 옆 테이블 밑에 웅크리고 앉았다. 그 모습을 보고 '세이노 씨 머리 같네' 하고 순간적으로 생각했다.

그 비 내리던 밤, 연기가 자욱한 가게 안에서 처음 만났을 때부터, 눈에 보이는 것은 물론 듣는 음악, 손에 닿는 것 모두가 오직 한 사람을 떠올리게 하는 전원이 되고 말았다.

교수의 얼굴을 쳐다봤다. 그의 입가에 처음, 뭐라 말해야 좋을지 주저하는 기색이 어렸다.

"안 된다거나, 잘못이라고 하지는 않겠어. 다만, 가야노 씨는 회색을 견디지 못하는 사람이니까. 분명하게 선을 긋고 고정되지 않으면 불안하겠지. 1초 후의 미래에도, 사실은 아무 보장이 없어. 그러나 그걸 가르쳐주면, 가야노 씨는 살아갈 수 없지 않을까, 그렇게 생각했어."

고개를 끄덕였다가 올려다보니, 신주쿠교엔 너머로 하얀 하늘이 펼쳐져 있었다. 교수님, 하고 조그만 소리로 불렀다.

"요즘 저, 죽지 않을 거란 기분이 조금은 들어요."

교수는 "그래?" 하고 말했다. 그리고 물었다.

"자신이 뭘 원하고 있다고 생각하지?"

나는 잠시 말을 찾다가, 갑자기 떠올라 중얼거리듯 대답했다.

"복습, 일까요."

"복수?"

교수가 일그러진 표정으로 말해, 나는 "복습요" 하고는 피식 웃었다. 그리고 한꺼번에 이해했다.

그때, 어떻게 하면 좋았을지. 전혀 다른 방법이 있지는 않았을까. 내게 없는 것과 나는 이해할 수 없는 것에 손을 뻗었지만, 결국 잡지 못했다.

그걸 알고 싶어서 나는 세이노 씨와의 만남을 선택했는지도 모른다.

지하철 계단으로 내려가기 전, 헤어지면서 교수는 자상하게 말했다.

"원래 불확실한 것을 허용하지 못하는 가야노 씨가, 불확실한 채로 받아들이려고 한다면 무척 힘들겠지. 하지만 동시에 아주 의미 있는 일일 수도 있어."

나는 "감사합니다" 하고 말했다. 그리고 초겨울 찬바람이 부는 신주쿠 거리를 걸어 역으로 향했다.

오랜만에 열이 났다. 계속 잠만 자서 몽롱한 저녁에, 오렌지 주스를 마시려고 했더니, 이슬비 내리는 마당에 고인 물

정도밖에 남아 있지 않았다.

사러 나갈까 어쩔까 하는데, 엄마에게 전화가 왔다.

"지금 역에 와 있는데, 실은 너에게 줄 게 있어. 지금 가도 되니? 엄마는 아직 네 방, 구경도 못 했잖아."

나는 어지럽게 널린 바닥과 싱크대를 둘러보고는 대답했다.

"감기 걸려서 집에는 안 오는 게 좋을 거야. 편의점에 갈 거니까, 내가 역으로 나갈게."

"그러니? 미안하네."

엄마는 그렇게 말하고 전화를 끊었다. 친엄마조차 신경을 쓰는 자신이 왠지 안쓰러웠다.

콘서트라도 있는지, 개찰구에서 사람들이 줄줄이 나와 어지러웠다. 하얀 기둥 옆에 선 엄마를 보고 다가갔다.

"안색이 창백한데 괜찮은 거니? 이거, 가마쿠라 집에 있더라."

엄마가 내민 것은 화지에 싸인 꾸러미였다. 빨간 끈이 리본 대신 묶여 있었다. '치히로의 서른 살 생일에'라고 쓰인 편지도 함께였다.

"할아버지가?"

엄마는 머리칼을 끌어올리면서 투덜거렸다.

"내게는 아무것도 없었는데. 하기야 널 귀여워했으니까."

몇 초 후에야 내 생일이 2주 후라는 걸 깨닫는다.

"고마워."

빳빳한 하얀 화지를 바라보면서 중얼거리자, 엄마는 생각났다는 듯이 말했다.

"나도 뭘 사 올까 했는데, 생일 축하할 나이도 아니잖아. 게다가 그 열성적인 남자가 축하해주겠지. 일러스트 그린다는."

그 순간, 없었던 일로 하려던 엄마의 말이 배 속에서 치솟았다.

"이노마타 씨랑은 이제 안 만나."

"왜? 그렇게 편리한 남자는 쉽게 없는데."

그 놀라는 표정과 말투로, 이 사람은 정말 자각이 없다는 걸 알았다.

"그런데 왜 이노마타 씨에게 이소와 씨란 사람 없었다고 말했어?"

엄마는 눈썹을 찡그리더니 "무슨 소리니?" 하고 되물었다.

"이노마타 씨가 전화 걸어서 물었잖아."

엄마는 잠시 생각에 잠기는 듯 뚱한 표정을 짓더니 기억났다는 듯이 말했다.

"아아, 아주 오래전 일이잖아. 그리고 영업 중에 전화 걸어서, 난데없이 이소와 씨에 대해 가르쳐달라고 하면 곤란

하지. 게다가 실제로 잊어버렸으니 어쩔 수 없잖아. 손님이 어디 하나둘이었어야지. 그렇게 옛날 사람을 어떻게."

"우리 집 행사에 늘 왔던 사람이야."

엄마는 자기를 비난하는 줄 알았는지, 불만스러운 얼굴로 말했다.

"왜 화를 내고 그래."

나는 할아버지의 선물을 손에 든 채 울먹거리면서 말했다. 오래도록, 말해서는 안 된다고 가슴에 꾹꾹 눌러담았던 말을.

"그 사람, 옛날에 나한테 이상한 짓 해서, 그래서 이노마타 씨가 화가 나서, 엄마에게."

그 직후에 엄마의 휴대전화가 울렸다.

내 말 따위는 없었던 것처럼 엄마는 전화를 받더니, 바로 끊고 말했다.

"미안하다. 지금 가게 수리 중인데 무슨 문제가 생겼나봐. 가봐야겠다."

망연해 있는 나에게 엄마는 다소 부드러워진 목소리로 다시 말했다.

"너도 그런 옛날 일, 이제 잊어버려."

캄캄한 실내에서, 소파에 앉아 꼼짝 않고 있었다.

시야 한구석에서 빛이 깜박거렸다. 녹음으로 전환되는 동시에, 이노마타 씨의 목소리가 흘러나왔다.

"괜찮으면, 치히로 생일 축하를 하고 싶어서 전화해봤어. 바다는 싫증났을 테니까, 산속에 있는 온천이나 느긋하게 쉴 수 있는 데 가서 자고 올까 싶은데. 또 연락."

여보세요.

너무 기운 없는 목소리에 스스로도 놀랐는데, 이노마타 씨는 알아차리지 못하고 반가운 목소리로 말했다.

"치히로. 미안해, 늦은 시간에. 조금 전에 인터넷으로 숙소 검색하다가 아주 좋은 온천 여관을 발견해서."

사랑은 맹목적이라는 말은 여러 의미에서 옳다고 생각하면서 나는 눈을 가볍게 감았다.

"미안해. 못 가. 계속 만나는 사람이 있어서."

"만나는, 사람."

그는 혼자 중얼거렸다.

그 말만 꼬집어, 약한 곳을 찔린 듯한 느낌에 신경이 곤두섰다. 왜 하필 이런 타이밍에. 그렇게 생각하면서도, 그는 아무 잘못이 없다고 속으로 중얼거렸을 때 그가 말했다.

"실은 치히로에게 할 말이 있었어. 나 지금, 사귀자는 사람이 있어. 나는 치히로를 줄곧 좋아했어. 하지만 그렇다고 아무와도 사귀지 않을 수는 없잖아. 그래서……."

222

왜였을까. 그의 말투에서, 나는 왠지 그 상대가 누구인지 알 것 같았다.

"그 여자지? 세일러복 사진가."

이노마타 씨는 대답하지 않았지만, 그게 대답이었다.

그 토크 이벤트에서 만난 후로, 어느 정도 개인적이었는지는 모르지만 연락을 주고받았던 것이다. 사귀고 싶다는 말을 들을 만큼의 거리감으로.

"행복했으면 좋겠다."

나는 그렇게만 말하고 전화를 끊었다. 후회는 없었다.

그저 그쪽에서 원해서 손을 내밀었다는 걸 깨닫고 놀랐을 뿐. 바닥에 놓인 할아버지 선물을 집어 들었다.

빨간 끈을 풀자, 화지 꾸러미에서 진한 와인색의 고급스러운 가죽 표지가 나왔다. 표지를 들추자 눈에 익은 문장이 눈에 날아들어 숨이 막혔다.

그것은 내 소설로, 세상에서 한 권뿐인 특별한 장정본이었다.

세이노 씨가 왔을 때, 내 몸에는 아직 조금 감기 기운이 남아 있었다.

"괜찮아요?"

몇 번째 재채기에 그가 물었다. 그 손가락이 맥주 캔을 따려다 말고 멈춘 걸 보고, 나는 웃었다.

"웅. 신경 쓰지 말고 마셔요."

"치히로 씨, 무리하니까 그렇지. 감기 걸렸다고 연락했으면, 시장 정도는 봐다 줬을 텐데."

나는 런천매트의 술을 손가락으로 만지작거리면서 잠자코 있었다. 나는 오늘 밤도 이 사람과 서로를 껴안고, 또 잠들리라.

왜?

한 번 생겨난 의문이 목구멍까지 올라와, 대신 다른 화제를 찾으려고 물었다.

"그런데, 오늘은 야근이었어요?"

"아니요. 여직원의 푸념을 듣느라."

"일 때문에요?"

"일도 관련이 있지만, 절반은 개인적인 것이었어요. 결혼하려고 여러모로 애쓰는데 잘되지 않는다고 해서, 귀여운 여자인데 왜 그런가 싶어서 힘이라도 북돋아줄 생각으로 같이 한잔하러 갔어요."

무언가가 망가졌다.

나는 런천매트에서 손을 떼고, 얼굴을 들었다.

"세이노 씨, 다다음 주 11월 17일은 시간 있어요?"

그는 바로 대답했다.

"회사에서 큰 이벤트가 있어서 어려울 겁니다. 일찍 끝난다고 해도 뒤풀이가 있을 테고."

"그래요."

온몸에서 힘이 빠져나가는 걸 느끼면서 '그러고 보니 이 사람, 내 생일조차 물은 적이 없었지' 하고 생각했다.

책장에 세워둔 와인색 가죽 표지를 응시하면서, 불쑥 쥐어짜듯 말했다.

"세이노 씨, 나, 더는 힘들어요."

그는 천천히 자세를 바로 하고 물었다.

"왜요?"

"아무런 약속도 없고, 어떤 관계인지도 분명하지 않잖아요. 둘이서 어디를 가는 것도 아니고. 나는 당신에 대해서 아무것도 몰라요. 그런 상태가 계속되고 있는데, 그래도 나는 당신을 이해하고 싶었어요. 하지만, 이제 한계가 왔나 봐요. 당신에게 나란 존재는, 육체관계 이상의 의미가 있을 것 같지 않아요."

세이노 씨는 차분한 목소리로 질문했다.

"그럼, 어떤 약속이 필요한 거죠? 일주일에 한 번은 반드시 만난다든가 매일 문자를 보낸다든가, 그런 거요?"

"그런 것도 그렇지만, 크리스마스에도."

"복잡한 장소, 싫어합니다."

그는 미안하다는 듯이 대답했다.

"그래도 가끔은 무리를 했으면 좋겠어요."

"케이크라도 먹을까요? 그런데 치히로 씨, 단걸 좋아하던 가요?"

단것은 좋아하지 않지만, 하고 거의 울다시피 말했다.

"그렇게 말 돌리지 말아요. 부탁이니까, 태도나 말로 좀 더 안심하게 해줘요. 당신과 나 사이에는 아무것도 없기 때문에, 그래서 난 당신에게 아무 말도 할 수 없어요. 내일 당신이 연락을 하지 않으면, 그걸로 끝이라고요. 그러니까 우리 관계의 이름을."

"관계를 정의하면, 그러면 사람이 떠나가지 않나요?"

나는 말문이 막혔다.

그는 그 말을 취소하려 하지 않았다.

손을 꽉 쥔다. 알고 있다. 어떤 맹세도 저버리는 일은 있다. 그렇기에 더욱 나는 없다는 걸 알면서도 완벽하고 영원한 것을 원한다.

나는 강하게 머리를 저었다.

"그래도 불안해요."

"믿을 수 없는 건가요?"

지금은 모든 게 궤변이라는 생각밖에 들지 않아, 나는 고개를 깊이 끄덕이면서 대답했다.

"네. 나는 당신을 믿을 수 없어요."

그렇군요, 하고 갑자기 말투가 날카로워졌다. 나는 얼굴을 들었다.

세이노 씨는 소리 없이 일어나 담담하게 돌아갈 준비를 했다. 나도 의자에서 일어나, 그 등을 쫓았다.

"무슨 말이라도 해요."

"할 수 있는 말이 없습니다."

세이노 씨는 뒤돌아 그렇게 중얼거리고는, 구두를 신고 현관을 나갔다.

야마노테 선 전철 문에 이마를 대고 울고 있었더니, 사람들이 내 주위를 슬슬 피했다. 개의치 않고 울었다. 귀에 꽂고 있는 이어폰에서, 지금껏 우습게 여겼던 단순한 사랑 노래가 왕왕 울리고, 자신의 기분만 너무 무거워 죽을 것 같았다.

가마쿠라의 가을밤에, 역 벤치에 앉아 나를 기다리던 그를 봤을 때, 이제 영원히 살 수 있을 듯한 기분이 들었다. 그게 사랑이었다. 좋아한다고 해도 사랑한다고 해도 부족하다. 하지만 연애는 혼자서는 할 수 없다.

태어나서 처음으로 행복해지고 싶다고 생각했다.

나는 세이노 씨가 아닌 누군가를 사귀고, 제대로 약속을 하고, 그리고 행복해지고 싶다.

엉엉 울면서, 겨울이 시작된 하라주쿠의 플랫폼에 내렸다. 그리고 그런 생각을 하게 해준 세이노 씨에게 마음속으로 작별을 고했다.

봄의 결론

이 사람은 여기 있다.
내게 아무것도 강요하지 않으면서도.
그리고 나는 어디든 갈 수 있다.
자유롭게.

"외국이라고요?"

나는 나이프로 오리 고기를 자르다 말고 젊은 담당 편집자에게 되물었다.

"네. 우리 출판사의 50주년 기획으로, 네 분의 작가에게 동남아시아의 어느 한 나라를 무대로 한 소설을 의뢰하기로 했어요. 책이 출간된 후에는 번역도 될 거예요. 체류 기간은 3주 정도이고, 분량은 200자 원고지로 400에서 800매로 꽤 자유로우니까, 쓰기가 쉽지 않을까 하는데요. 시간이 좀 급박해서, 가능하면 올봄에 출발하셨으면 합니다. 일방적인 조건이라 죄송하지만, 생각해주실 수 있을까요?"

얘기에 집중한 나머지 소스가 묻어 하얀 셔츠 소매에 얼룩이 졌다. 닦기도 민망해서, 속으로 나중에 빨자고 생각하면서 물었다.

"다른 작가는 정해졌나요?"

"네. 다만 어린아이가 있거나, 병든 고양이를 키우는 작가는 좀 어렵겠다고 해서."

고양이, 하고 나는 중얼거렸다. 이렇게 큰 기획물이 시간이 임박해서 들어온 걸 보면, 아마 누군가가 취소할 수밖에 없는 연유가 있었던 거겠지.

오리 고기에 곁들인 크레송을 포크로 집으려고 했는데, 줄기가 가늘고 단단한 탓에 잘 집히지 않았다. 외국에서 3주를 지내면서 장편이라……

"나, 영어를 거의 못하는데요."

내가 사실대로 털어놓았더니 그녀는 미안한 듯 말했다.

"실은 예산 문제로 혼자 가셔야 해요."

한참을 생각하고서 "일정 봐서 검토해볼게요" 하고 대답했다. 크레송은 결국 먹을 수 없어 포기했다.

식사가 끝나고 허브티를 마시면서, 이제 막 시작된 올해 일정을 머릿속으로 정리했다.

레스토랑의 유리창에는 깨끗한 겨울 거리가 비쳐 있었다. 요즘 들어 추위가 한층 심해지기도 했으니, 좋은 기회인 것은 틀림없는데 왠지 엄두가 나지 않는다.

집으로 돌아와 옷을 갈아입자, 옷 위로도 알 수 있을 만큼 한껏 부른 배가 툭 튀어나왔다.

침대에 누워, 적적하고 편한 잠에 천천히 안겼다. 세이노 씨 냄새가 완전히 사라진 베개에 얼굴을 묻었다.

그에게서 연락이 끊겨, 나는 결국 크리스마스와 새해를 동업자들과 보냈다. 맛난 것을 먹으며, 일하면서 품는 비슷한 고민과 관심 있는 영화와 책 제목을 공유하다 보니까, 내가 있을 곳은 이쪽이었다는 걸 새삼스레 떠올리게 되었다. 몸도 마음도 상당히 안정되어, 자신이 회복되었다는 걸 실감했다.

그러니까 끝내길 잘한 거야.

그렇게 중얼거리고, 잠들었다.

그런데도 때로, 무척 애달팠다.

빠져들듯한 노을로 물든 놀이공원, 근처 슈퍼마켓의 맥주 매장, 내장 조림이 맛있는 조그만 2층짜리 선술집 앞을 지날 때.

걸음을 멈추고 만다. 그리고 그 부드러운 목소리를 듣는다.

"치히로 씨, 노을이 엄청납니다."

그 옆얼굴을 바라만 봐도, 행복했다. 그러나 그때로 돌아가면 같은 일이 반복될 뿐이다.

의뢰받은 원고 때문에 요코하마의 미술관을 둘러보러 갔다 돌아오는 길에 차이나타운에서 대나무 찜기를 샀다.

부엌에서 돼지고기와 채소를 넉넉하게 겹쳐 넣고 쪘다. 갓 지은 밥에 소금을 솔솔 뿌려 주먹밥을 만들고, 참기름 장을 준비하고, 식탁에 접시를 늘어놓았다.

기름이 자르르한 돼지고기를 참기름장에 찍어 먹자, 입 안에 고소함이 넘쳤다. 브로콜리도 고구마도 양파도 깜짝 놀랄 만큼 달았다. 소금기가 있는 주먹밥과 번갈아 먹었다. 폭력적일 정도로 채소를 섭취했다.

언제였나, 채소와 생선 중심인 선술집에 갔을 때, 세이노 씨가 말했다.

"치히로 씨, 먹을 수 있는 게 전혀 없어서 난감하군요."

감자 외의 채소는 거의 못 먹고, 날 생선도 못 먹고, 향 이 강한 조미료도 못 먹고. 가마쿠라에서 아침에 참치 회 덮밥을 먹을 때는, 상당히 무리를 했다고 한다.

어른답지 않게 심한 편식에, 나는 어처구니가 없었다.

"맛있는 걸 못 먹고 큰 거겠죠."

그가 절절하게 중얼거린 말이 인상적이었다.

그래서 어쩔 수 없이 둘의 식사는 닭꼬치나 갈비구이로, 늘 똑같은 주문을 하는 그를 지켜보곤 했다.

내가 아주 가끔 아침을 지을 때만, 애써서 먹는 눈치를 보이면서도 남기지 않고 먹었다.

양복 차림이 익숙한 탓에, 쉬는 날 프린트가 찍힌 싸구려 티셔츠에 치노 바지를 입고 있어서 내가 빤히 보면, 그는 조금은 쑥스러운 듯이 설명했다.

"적당하게 보일 정도의 차림을 좋아합니다. 자유로운 기분이 들어서."

고구마가 목에 걸려서 맥주를 마셔 넘기려 했더니, 늘 사던 상표가 눈물샘을 건드리고 말았다.

올바름 따위, 하고 울면서 거의 파열되리만큼 열기를 띤 머리로 생각했다. 올바름 따위는 어떻든 상관없다. 지금은 그저 제 나이를 무시한 소년 같은 팔다리와 웃는 얼굴이 그립다.

그가 웃을 때마다, 미칠 것 같았다.

내가 나이게 하는 모든 걸 버려도 괜찮을 것만 같았기 때문이다.

일하는 틈틈이, 영어 공부도 조금씩 시작했다.

집 근처에 있는 카페에 와서 가르치는 영국인 알레시아는 갈색 머리와 눈동자에 몸집은 나보다 자그마하고 나이는 다섯 살 아래다.

그냥 들어서는 일본어인지 영어인지 모를 만큼 조곤조곤한 목소리로 아주 차분하게 말하며 가르쳐주었다.

"가야노 씨는 말을 할 때 생각하는 버릇이 있어요. 대답은 더 짧아도 좋으니까, 캐치볼을 하는 것처럼 바로바로 할 수 있게 의식해봐요."

그녀가 던지는 말에 맞춰 Sure, Ok, Great를 반복하다 보니, 점차 내면의 불필요한 것까지 깎여 나가는 듯했다. 오랜만에 언어의 힘을 실감했다.

언젠가 수업이 끝나고 그냥 얘기를 나누고 있는데, 알레시아가 내게 영어로 물었다.

"일본 텔레비전을 보다가, 개그맨이 웃으면서 사회자인 여자를 밀쳐서 깜짝 놀랐어요. 사람들이 있는 데서 그렇게 난폭한 행동을 했는데, 왜 그녀는 화를 내지 않나요?"

그 순간, 내가 더 놀라서 말을 잃었다. 지금까지 그런 시각을 전혀 갖고 있지 않았다. 과장일지 모르지만, 세상이 달라진 것 같았다.

어렸을 때부터 이 정도는 보통이고, 당연한 거라고 믿으려 했지만 몇 번이고 위화감이나 불쾌함, 공포를 느꼈는데, 역시 잘못된 게 아니었다. 그렇게 말해도 된다는 걸 배운 기분이었다.

새로운 세상을 향해 수업을 계속하는 사이에 시간이 금

방 흘러, 창가에 놓은 화분에 맺힌 꽃망울이 어느새 부풀기 시작했다.

내 손으로 검색했는데, 인터넷에서 그 이름을 봤을 때는 심장이 멎는 줄 알았다. 나는 토할 것만큼이나 쿵쿵 뛰는 가슴을 한 손으로 누르고 메모했다. 그 영업소는 진주로 유명한 해변 마을에 있었다. 이소와라는 이름도.

나는 침대 밑에서 커다란 나일론 가방을 꺼내 옷을 쑤셔 담았다. 머릿속이 땡했지만, 그래도 가야 한다고 생각했다.

내일 아침 신칸센 시간을 알아보는데, 문자가 들어왔다.

그 후로 연락을 하지 못했습니다. 하고 싶은 말이 있어요. 잘 지내나요?

나는 순간적으로 못 본 척하고는 스마트폰을 가방 속에 묻었다.

불을 끄고, 내일의 여행을 위해 눈을 감았다. 하고 싶은 얘기 따위는 듣고 싶지 않다고 생각하면서. 이제 나는 조금도 상처 입고 싶지 않다.

그래서 변하려는 거니까, 하고 중얼거리면서도, 왠지 조금 무리를 하는 것 같은 기분이 들어 어쩔 줄 몰랐다.

점심때가 지나 목적지에 도착했다.

하얀 역사에서 나오자, 길 건너편에 수평선이 길게 펼쳐져 있었다.

비교적 새집으로 보이는 기념품 가게도 있었지만, 쇼핑센터나 조개구이집은 옛날 모습을 그대로 간직하고 있었다.

바닷바람이 몰아치는 거리에 관광객의 모습은 거의 없고, 가마쿠라보다 한결 파랗고 깊은 바다만 이쪽으로 몰려올 듯했다.

나는 조그만 조개구이집에 들러, 싸늘한 손으로 젓가락을 쥐고 구운 굴을 먹었다. 가게 여자가 시원시원하고 친절한 데다 서비스로 나온 오징어 젓갈은 너무 부드러워 깜짝 놀랐다.

"도쿄에서 이런 곳까지 일부러 찾아오다니 고맙네요. 많이 먹어요."

그러고는 단골인 듯한 다른 노부부와 방실방실 웃으면서 얘기하는 모습에, 나는 미안해하면서 고맙다고 인사했다.

역 근처에 있는 여관에 체크인을 하고, 오랜만에 보는 다다미 위에 두 팔을 벌리고 누웠다.

이소와 씨가 일하는 택배 영업소는 여기에서 가까워, 걸어갈 수 있는 거리일 것이다. 생각하기 시작하자, 갑자기 속이 울렁거려 몸을 웅크렸다.

해가 저물고 난 후에야 겨우 일어나 여관을 나섰다.

구름이 좀 낀 탓인지, 수평선과 하늘의 경계가 거의 없었다. 같은 바다인데 가마쿠라보다 한없게 느껴졌다. 코트 앞섶을 여미지 않으면 조금 춥다.

드문드문 가게가 있는 길을 걸어, 영업소 간판 앞에서 걸음을 멈췄다. 안을 들여다보니, 남자 둘이 작업하는 모습이 보였다. 이소와 씨가 아니라서 분했지만, 이내 안도하고 말았다.

"실례합니다."

작은 소리로 말하면서 유리문을 두드리자, 얼굴을 든 덩치가 작은 초로의 남자가 유리문을 드르륵 열면서 말했다.

"예예, 무슨 일이세요?"

저, 하고 반사적으로 흥분한 목소리가 나왔다.

"여기에 이소와 씨라는 남자분 계시나요? 저, 친척인데."

그는 아아 하면서 고개를 끄덕이고는 설명해주었다.

"이소와는 벌써 일이 끝나서 마시러 갔지. 요 앞에 새로 생긴 다이닝 바라는 데야. 거기 가봐요. 혹시 조카인가?"

네, 하고 적당히 대답하고는 서둘러 영업소를 떠났다.

길을 되돌아가자, 아닌 게 아니라 세련된 분위기의 선술집이 한 채 있었다.

안을 들여다보니, 머리는 좀 빠졌지만 탄탄한 몸집의 남자가 카운터 자리에 걸터앉아 병맥주를 마시고 있었다.

카운터 안에는 검고 긴 머리를 하나로 묶은 젊은 여자와, 다소 화려하지만 예쁘게 생긴 여자가 있었다. 비슷한 분위기에 한눈에 모녀라는 것을 알았다. 다른 손님은 없는지 둘 다 그를 상대하고 있었다.

그 순간, 온몸이 바들바들 떨려왔다. 저 인간은 아직도 그 짓을 계속하고 있는 거야, 하고 생각했더니 머리보다 손이 먼저 움직여 문을 열었다.

"네, 어서 오세요."

아무것도 모르는, 엄마로 보이는 화려한 여자가 웃는 얼굴로 반겼다. 나는 어색하게 인사하고, 이소와 씨와 의자 두 개를 사이에 두고 카운터 자리에 앉았다.

주문을 끝내자, 엄마로 보이는 여자가 물었다.

"어디서 오셨어요?"

나는 도쿄, 라고 대답했다.

젊은 여자 쪽이 "좋겠네요" 하고 얘기에 끼어들었다. 들어 보니, 역시 모녀라고 한다. 여자 셋이 잠시 수다를 떨고 있는데, 이소와 씨가 끼어들었다.

"나도 10년 전까지는 도쿄에서 살았어. 여기로 내려오기 전까지는 말이야. 즐거웠는데, 다시 가고 싶군. 맛있는 가게도 여기보다 많고. 여기도 좋은 곳이기는 하지만. 아가씨, 나 좀 데리고 가."

한마디 한마디가 호두 껍데기만큼의 가치도 없이, 허망하게 테이블과 발치로 흩어지는 것 같았다. 나는 기가 막혔다. 이렇게 쓸모없는 인간을 상대로, 그렇게 긴 시간을 소모하고 말았다니.

돌아보자, 이소와 씨는 씩 웃으며 나를 보았다. 그리고 언뜻 인상을 찡그리면서 중얼거렸다.

"어라, 어디서 만난 적 있는 사람인가. 그럴 리가."

"그래요, 있어요."

나는 입을 열었다. 카운터 안에서 두 여자가 이쪽을 쳐다보았다.

"어머나, 그럼 서로 아는 사이예요?"

그렇게 얘기를 이은 딸을, 나는 아주 잠깐 쏘아보았다. 그리고 그녀가 이 남자를 겁내지 않는다는 걸 확인했다.

나이를 먹은 탓일까. 아니면 그렇게 판단한 것일까. 이 고장에서는 그저 술깨나 하는 성가신 단골 정도다.

나는 심호흡을 하고서 입을 열었다.

"옛날에 이 사람, 우리 엄마가 하는 가게 단골이었어요. 그리고 그때 아직 어렸던 내게 손을 대다 못해 다른 사람에게 말 못 하게 위협까지 하면서 입단속을 했죠."

언젠가 교수가, 이왕이면 본인에게 되갚아주자고 했다.

"그런데 까맣게 잊어버렸나 보군요. 놀랍네요."

그래서 나는 되갚았다. 엄마에게. 그리고 이소와 씨에게.

설령 돌아오는 게 없어도. 자신이 원하는 대답이 돌아오지 않아도.

"……나는, 그런 적 없어. 모른다고."

그는 마치 삐친 듯한 말투로 일축했다. 화려한 엄마 쪽이 난처한 듯이 이런 말을 하며 딸에게 동의를 구했다.

"저, 사람을 잘못 본 게 아닐까요? 이 사람이 그런 짓을 하다니, 좀 믿기지가 않는데. 그렇잖니?"

나를 비난하는 말투는 아니었지만, 그래도 믿기지 않는다는 말의 강함에 상상 이상으로 충격을 받았다. 그리고 같은 말을 세이노 씨에게 했던 나 자신의 폭력성도 본의 아니게 깨닫고 말았다.

나는 "잘 먹었어요" 하고는 일어났다. 계산을 할 때까지 기다릴 수 없어 넉넉하게 몇 천 엔을 카운터에 내려놓고, 도망치듯 가게를 떠났다.

여관을 향해 발밑까지 어두운 길을 거의 뛰다시피 돌아가는데, 등 뒤에서 쫓아오는 소리가 들렸다. 이소와 씨인 줄만 알고, 공포로 심장이 멎을 것 같았다.

그러나.

"저, 손님. 여기요, 거스름돈."

앞치마를 한 채로 숨을 헉헉거리며 뛰어온 사람은 딸 쪽이었다. 그녀는 손가락이 긴 손으로 동전을 내밀었다. 고맙다고 하는 내게 그녀가 정말 불쾌하다는 듯이 말했다.

"자세한 사정은 모르겠지만, 나도 그 사람 싫어해요. 기분 나빴다면 내가 사과할게요. 지금 시기에는 사람도 별로 없어서 적막하니까, 다음에 따뜻해지면 꼭 다시 놀러오세요."

왜 그런지 알레시아의 얼굴이 떠오르고, 그녀들이 준 것에 눈시울이 뜨거워졌다. 나는 "네" 하면서 고개를 끄덕였다.

여관에서 혼자 취하도록 마시고, 거의 실신한 것처럼 잤다.

다음 날에는 아침 첫 열차로 돌아가려고 했는데, 바다가 너무 아름다워서 방파제를 따라 산책하다가 진주 가게를 발견했다.

분홍색 빛을 띤 비싼 진주 목걸이를 샀다. 단순할지도 모르지만, 왠지 어른이 된 듯한 기분이 들어서였다.

진주 목걸이를 담은 나일론 백을 가슴에 껴안고, 도쿄로 올라가는 신칸센을 타고 있는 동안, 어린 시절 꿈을 꾸었다.

늘 그렇듯, 놀이공원이 빛나는 밤의 역 앞으로 돌아오자 피로가 한꺼번에 몰려와 방문을 열자마자 쓰러졌다.

요동치는 심장 소리를 한 손으로 확인하면서, 금방은 괜찮아지지 않는다는 걸 실감했다. 손이 떨리고, 눈물이 흘렀다.

누군가에게 얘기하고 싶었다. 생각했던 것, 느꼈던 것, 여기에 있다는 것. 혼자서가 아니라. 의지하고 싶은 것도, 울며 매달리고 싶은 것도 아니다. 다만 얘기가 하고 싶었다.

체념한 기분으로 문자를 보냈다. 지금의 솔직한 심정을 담아.

만나고 싶어요. 다시 한 번, 제대로 얘기를 하고 싶어요.

대답조차 없을지 모른다고 마음을 굳게 먹으려 했는데, 바로 문자가 날아왔다.

한 가지 문제만 처리하고 바로 가겠습니다. 조금만 기다려요. 미안.

얽매였던 것에서 풀려난 기분에 숨을 내쉬었다. 와주는 거야. 말하길 잘했네.

세이노 씨는 예상했던 것보다 훨씬 빨리 도착했다.

문을 열었더니, 넥타이만 푼 양복 차림의 그가 짧게 숨을 몰아쉬며 말했다.

"다행이다. 또 몸이라도 안 좋은 거면 어쩌나 했는데. 상황을 알 수 없어서."

조금 자랐지만 여전히 아름다운 갈색 머리칼에, 이쪽을 보는 눈동자는 예쁜 모양이고, 아무것도 섞이지 않은 순수하게 걱정하는 모습에, 나는 참지 못하고 말했다.

"고마워요."

"무슨 일 있었어요, 치히로 씨?"

나와 마주한 세이노 씨를 올려다봤다.

조금, 하고 나는 말을 흐렸다.

"힘들고, 버거운 일이 있었어요. 하지만 힘을 냈죠."

"그랬군요."

세이노 씨가 약간 고개를 숙이고 무슨 뜻인지 오른손을 내밀어, 살며시 악수를 했다.

오랜만에 마주 앉아, 캔 맥주를 따고 매실맛 쌀과자를 안주 삼아 마셨다. 술기운이 부족한 대화는 어색하고 단편적이었다. 고요했다. 몇 번이나 반복했던가. 이렇게 예의 바른 밤을.

내가 살짝 쳐다보자, 세이노 씨는 "왜요?" 하면서 표정을 풀고 물었다.

말하려던 순간, 눈물이 떨어졌다. 소리도 없이.

놀란 듯 그가 눈을 부릅뜨고는 조심스럽게 물었다.

"미안해요. 괜히 그런 걸 물어봐서. 혹시 내가 힘들게 했나요?"

나는 고개를 가로저었다.

"여러 가지로 설명하려고 했는데, 그런데 만나고 나니까 말하지 않아도 될 것 같은 기분이에요."

눈물을 닦고 나자, 왠지 웃음이 나왔다.

"치히로 씨가 뭔가 안고 있다는 걸, 그런 게 있다는 건 희미하게 느끼고 있었어요. 다만 말을 해도 좋을지, 계속 생각하고 있었습니다."

네, 하고 나는 고개를 끄덕였다. 그러니 그에게는 억지로라도 알아달라는 욕구가 일지 않는 것이다. 물론 사실이 어떤지는 모른다. 하지만 왠지, 이 사람 안에는 있을 것 같았다. 내 안에 단단히 지켜지고 있는 영역에 대한 예의 바름이. 종기를 만지는 것처럼 조심스럽게 굴지도 않고, 그렇다고 정말 알아차리지 못한 것도 아니고.

"전에, 몸 상태도 좋지 않았지만, 심한 말을 해서 미안했어요."

내가 사과하자, 그는 고개를 저으며 말했다.

"나야말로 고집을 부려서 미안합니다. 뭘 하든 시간이

걸리는 성격이에요. 생각하고, 결론을 내리는 데. 그리고 결과적으로 거짓말이 될 수도 있는 말은, 역시 하고 싶지 않습니다. 그래서 믿을 수 없다고 하니, 내가 옆에 있는 의미는 더욱이 없다고 생각했어요."

나는 고개를 저으며 그렇지 않다고 부정했다.

"아마 나도, 당신 옆에 내가 있는 의미가 없지 않을까 해서, 그래서 가장 불안했던 거라고 생각해요."

세이노 씨는 웃으면서 말했다.

"비슷한 생각을 한 탓에 오히려 어긋났군요."

그러고는 갑자기 진지한 표정을 지었다.

"가마쿠라의 집에서 처음 봤을 때, 참 잘 자란 사람이구나 했어요. 치히로 씨를 만나는 건 늘 즐거웠지만, 나란 사람과 관계하는 것이 정말 좋은 일일까 하는 의문이 있었습니다. 치히로 씨에게 좋은 영향을 미칠 수 있을 만큼 내가 특수한 일을 하는 것도 아니고."

"잘 자라기는요, 전혀 그렇지 않아요."

나는 거의 탈진해서 울음이 나올 것 같았다. 세이노 씨는 웃음을 터뜨리며 "뭘 주장하자는 거죠?" 하고 오랜만에 놀리는 투로 말했다.

"다만 나는 이상이 있었어요. 아무에게도 의존하지 않고, 또 올발라야 한다고요. 하지만 그러지 못했어요. 약하고 불안정한 자신이 밖으로 튀어나오는 걸 늘 억누른다, 속에 안고 있는 응어리에 지쳐서."

그러자 세이노 씨가 물었다.

"치히로 씨는 그 구별이 필요한가요? 약하기도 하고, 혼자 외롭기도 하고, 때로 이런 만남이 있어서 의지하기도 하고, 그런 우주를 품고 있는 게 인간 아닌가요?"

나는 그를 쳐다보았다.

"자립해 살면서도 소녀 같은 얼굴의 치히로 씨도 있고. 지금처럼 딱딱한 표정을 하고 눈썹을 찡그리고 있는 치히로 씨도 있고."

내가 얼른 미간에 손을 대자, 그가 살짝 웃었다.

"나는 아무 구분이 없습니다. 혼자서 힘낼 때도 있고, 누군가를 처절하게 원할 때도 있고, 어느 쪽이나 순수한 치히로 씨의 모습이라고 생각해요. 어느 쪽도 뛰어나거나 열등하지 않습니다. 한 그릇 안에 평등하게 떠 있으니까요."

아, 이런 면이었어.

고집스럽고 양보가 없고, 신경을 많이 쓰는 것치고는 이해하기 어렵고, 편식을 하고, 사랑을 하는 건지 연애를 하는 건지조차 명확하지 않고, 결국 지금도 왜 이 사람이 눈앞에 있는지 모른다.

그런데도.

"그리고 여기에 내가 있는 의미가 있다면, 기쁘겠죠."

나는 응, 하고 중얼거렸다.

"있어요."

"그래요. 치히로 씨가 있다고 생각할지도 모른다고, 저의 착각일지도 모르겠지만 처음에는 조금 느꼈어요."

"맞아요."

고개를 끄덕이고서, 나는 눈물을 흘리며 웃었다.

"그렇게 계속 착각하고 있어요."

세이노 씨도 웃었다. 그리고 안심한 듯이 다가와 꼭 안아주었다.

"이제 겨우 믿어주는 건가요?"

의외로 집착하네, 하고 마음속으로 씁쓸하게 웃으면서도 실감했다.

이 사람은 여기 있다. 내게 아무것도 강요하지 않으면서도. 그리고 나는 어디든 갈 수 있다. 자유롭게.

언젠가 헤어지는 날이 오더라도, 그때는 지금이 아니다.

베개 두 개를 나란히 놓고 잠들기 직전, 나는 눈 감은 세이노 씨에게 말했다.

"만약 아무 약속도 이름도 없는 채, 만나고 싶다는 기분만으로 계속 만날 수 있다면, 사랑이나 연애만큼 아름다운 일일지도 모르겠네요."

숨소리가 끊기고, 그가 눈을 떴다.

세이노 씨는 어린애처럼 웃고는 "그렇죠" 하고 말했다.

그다음 주 일요일에, 세이노 씨가 어딜 같이 가자고 해서 외출을 했다.

역에서 가로수 길을 걸어 주택가로 들어서자, 거기만 탁 트인 공사 현장 앞에서 걸음을 멈췄다. 잔디가 깔린 부지에, 오랜 세월 비바람을 맞아 거무칙칙해진 흰 외벽만 잊힌 것처럼 남아 있었다.

건물은 절반 이상이 철거되고, 크레인에 뭉개져 철골만 드러난 2층에 하얗고 마른 햇살이 비치고 있었다. 벽돌 더미 속에 알록달록한 장난감과 그림 조각 같은 것이 약간 섞여 있었다.

현장에 합류했던 적이 있는지, 안에 있던 직원인 듯한 초로의 남자가 나와 세이노 씨에게 웃으면서 몇 마디 하고는 다시 돌아갔다.

나는 흰 외벽에 새겨진 시설 이름을 확인한 다음, 문 앞에서 건물을 올려다보는 세이노 씨의 옆얼굴에 살며시 말을 건넸다.

"저, 여기는 일로?"

"직업은 회사원입니다. 다만 이런 시설은 아이들의 숫자에 비해 어른이 항상 모자라기 때문에, 평상시 여기에서 묵으며 예전 졸업생으로 봉사하고 있었어요. 그런데 새 건물을 지으면, 오히려 그런 여분의 장소가 없어진다고 해서요. 이사는 지난달에 했습니다."

메마른 나뭇가지 사이로 푸른 하늘이 보인다. 이 사람도 한때는 매일 여기서 하늘을 올려다보았을까 하고 생각했다.

"그 누나라는 사람은?"

"나도 그렇고, 여기 출신입니다."

세이노 씨는 지갑을 꺼내, 그 안에 있는 조그만 스냅 사진을 보여 주었다. 귀여운 얼굴의 세이노 씨 옆에, 마르고 키가 큰 여자가 꼿꼿하게 서 있었다. 우리가 지금 서 있는, 이 문 앞에서 찍은 사진이었다.

자세한 경위는 알지 못한다. 그러나 아마 이 사람은, 가장 중대한 사회적 안심에 배반당했을 거라고 생각했다. 아무리 외부에서 형태를 규정해도, 인간의 마음은 나약하고 허망하다.

"제일 사이좋게 지낸 사람이라, 행복하게 살아줘서 정말 기쁘죠."

그는 정말 안심이라는 듯이 미소를 머금었다. 평일에는 출근해서 일하고 부하 직원까지 보살피고, 가마쿠라에도 오가고, 휴일에는 이곳에서 봉사 활동까지 하고. 정신이 아득해졌다.

"정말 바빴겠네요. 말을 해줬으면."

너무 미안해서 그렇게 말했더니, 그는 별일 아니라는 듯이 말했다.

"치히로 씨와 보내는 시간이 즐거워서, 신경 쓰게 하고 싶지 않았어요."

언제였나, 자신보다 그가 고독하지 않은 걸 부러워했던 일이 떠올라 심장이 찢어질 것 같았다.

내 생각만 하고, 그런 걸 상대가 이해해주지 않으면 옳지 않다고 단정해왔다. 그러나 타인끼리 알 수 있는 건 사실은 별로 많지 않다.

세이노 씨가 다운재킷에 두 손을 쑥 넣고 걷기 시작해서, 나도 뒤따라 걸었다.

"치히로 씨. 조금 전에 내가 그렇게 말을 했는데, 지금도 신경을 쓰고 있군요."

그가 지적해, 나는 대답하기가 조금 난감했다.

"네, 그래요."

그가 껄껄 웃었다.

"정리되면 놀러 올래요?"

"네?"

내가 되묻자, 자기가 먼저 말을 꺼냈으면서 별로 내키지 않는다는 식으로 말을 흘렸다.

"음, 치히로 씨가 의외로 환멸을 느낄 것 같은데."

"안 그래요."

나는 반박했다.

"그럼, 방에 이상한 무늬의 커튼이 걸려 있으면?"

그건, 하고 나는 말이 막혔다. 조금은 당황했는지도 모른다.

"저, 그냥 언제든 좋아요. 정리되고, 기분이 내키면."

그렇게 대답했더니, 세이노 씨는 오히려 삐친 것처럼 딱 잘라 말했다.

"흠, 꼭 초대하겠습니다."

나는, 이 이해하기 어려운 사람에 대해서도 조금은 이해하게 되었는지도 모르겠다고 생각했다.

"하지만, 우선은 외국에 다녀와야 하는군요."

그가 그렇게 말해서, 나는 갑자기 불안해졌다.

"거의 한 달인데, 역시 기네요."

그렇게 투덜거리자, 세이노 씨는 놀란 듯이 웃으면서 나를 다독였다.

"힘내야죠. 현지에서 실황 중계해주세요."

남 일처럼 말한다고 불만을 품었다가 깨달았다.

내가 불러들인 밤부터, 세이노 씨는 단 하루도 연락을

빼먹지 않았다. 접대를 마치고 돌아가는 늦은 밤에도 문자가 날아왔다.

나는, 다음 주에는 흔적도 없이 사라질 시설을 돌아보았다. 기도하듯이.

돌아가는 전철 안에서 내가 슬쩍, 작년 11월에 서른 살이 되었다고 하자 세이노 씨는 놀란 듯이 말을 삼켰다.

"저, 하지만 내가 말을 하지 않았을 뿐이니까, 신경 쓰지 않아도 돼요."

내가 그렇게 덧붙였는데도, 그는 잠자코 말이 없었다. 마치 상처를 입힌 것에 상처 입은 듯이 보였다.

"왠지 봄일 것 같았는데. 전에 3월이 어떻고 한 적도 있어서."

그는 간신히 그렇게 말하고는, 다음 주에는 쇼핑백을 들고 놀러 왔다. 다음에는 필요한 게 있는지 꼭 물어볼게요, 하면서.

상자 안에는 예쁜 홍차 캔이 조르륵 들어 있었다.

샤워를 하고 와이셔츠를 갈아입은 그와, 아침 햇살 속에서 김이 모락모락 오르는 홍차를 마시고, 오늘 하루를 어떻게 지낼지 얘기했다. 언제까지 계속될까, 하고 생각하면서.

"다음 설명회는 입사 3년차인 젊은 사람들이 진행하기

때문에, 지금 온 힘을 다해서 지도하고 있어요."

세이노 씨는 괴롭다는 표정을 지었다. 나는 "잘 성장하고 있나요?" 하고 물었다.

"전혀요. 머리가 아픕니다."

그가 그렇게 대답해 웃을 수밖에 없었다.

"치히로 씨는요?"

"나는 다음 주 출발이라, 오늘은 빅카메라(일본의 가전제품 소매업체-옮긴이) 같은 데서 필요한 걸 좀 사려고 해요."

세이노 씨가 달력을 돌아보면서 벌써 그렇게 됐나, 하고 중얼거렸다.

현관에서 구두를 신을 때, 그가 나를 똑바로 보면서 말했다.

"몸조심해서 다녀와요. 여행지에서 많은 발견과 만남이 있기를 바랍니다."

고개를 끄덕이면서 문득 생각했다.

이 사람과 있으면 나는 때로 잊어버린다. 줄곧 갇혀 있었다는 것조차.

"다녀오겠습니다."

그가 늘 하는 말을 하고 나가자, 나도 몸을 돌려 책상으로 향했다.

나리타 공항 라운지에서 맥주를 마시면서, 활주로가 바로 앞에 펼쳐지는 유리창으로 시선을 돌렸다. 파란빛에 싸인 기체. 왜 이런 곳에 있는 것일까, 하고 생각했다. 불안하고 재미있어서 가슴이 콩콩 뛴다.

흥분과 긴장으로 아는 이에게 문자를 보냈더니, 몇 군데에서 회신이 왔다. 알레시아의 대답에는 이렇게 쓰여 있었다.

모음이 이어질 때 발음에 주의하도록, 좋은 여행이기를.

현지에서는 영어로 취재도 해야 하고, 무엇보다 나를 모르는 사람밖에 없는 곳에서 잘 지낼 수 있을지 걱정이다. 교수에게는 그렇게 써서 보냈는데, 어디서 인용한 듯한 영문이 왔다. 검색해보니, 셰익스피어였다.

What's in a name? that which we call a rose. By any other name would smell as sweet.

스마트폰을 내려놓고, 잠시 생각한다. 나는 이름 없는 장미가 될 수 있을까.

자유로워지고 싶다고 바라면서, 줄곧 기가 죽어 짓눌려 지냈다.

이제 그 준비가, 조금은 된 것 같다.

올바르지도 완벽하지도 않은 나 그대로.

제 살을 깎아내는 아픔

『여름의 재단』은 2015년 아쿠타가와상 후보에 올랐던 작품이다.

작가 시마모토 리오에게는 네 번째 아쿠타가와상 후보작이었는데, 같은 해 '엔터테인먼트 소설' 즉 '대중 소설'로 방향 전환을 선언, 마지막 후보작이 될 것이라고 화제를 모으기도 했다. 대중 소설로의 방향 전환은, 지금껏 써왔던 아쿠타가와상 계열의 순문학 소설에서 나오키상 계열의 대중적인 작품으로 옮겨간다는 것을 뜻한다. 그로부터 3년 후 『퍼스트 러브』로 나오키상을 수상했으니, 이 의도적 방향 전환은 성공적이었다고 볼 수 있을 것이다.

일본의 양대 문학상인 아쿠타가와상과 나오키상은 이

렇듯 색깔이 뚜렷하고, 또 이 두 가지 상의 수상 여부가 작가의 영향력을 가늠하는 잣대가 되기도 한다. 그러나 데뷔 당시 젊은 천재 작가의 출현으로 화제를 모았으나, 네 번이나 아쿠타가와상 후보에 올랐다가 고배를 마셔 비운의 작가로 불리는 시마다 마사히코가 있는가 하면, 수상 이후 소리 없이 사라져간 작가도 있다. 그리고 우리가 익히 알고 또 지금은 세계적 작가가 된 무라카미 하루키 역시 데뷔 초기에 『바람의 노래를 들어라』에 이어 『1973년의 핀볼』로 아쿠타가와상 후보에 올랐을 뿐, 그 후에는 이 양대 문학상과 인연이 없었던 만큼 절대적인 잣대는 아닐 것이다. 다만 이 두 상의 권위와 작가들의 이 상에 대한 애증은 충분히 짐작할 수 있겠다.

그렇다고 시마모토 리오에게 나오키상 수상의 기쁨을 안겨주었던 『퍼스트 러브』를 전후한 작품들이 그녀가 데뷔 당시부터 다뤄왔던 한 주제인, 어린 시절에 당한 육체적 학대로 마음의 병을 앓고 있는 여자들에서 크게 벗어났는가 하면, 그렇지는 않다. 이 주제를 풀어나가는 소설적 형식에 변화가 왔을 뿐이다. 작가 자신이 '엔터테인먼트 소설'로 규정한 『퍼스트 러브』는 새로이 가미된 미스터리 수법의 스토리텔링 작품이라서, 스토리 전개를 따라가면 쉽게

이 주제에 다가갈 수 있다. 반면 앞서 소개된 『바다로 향하는 물고기들』도 그렇고, 이번에 소개하는 『여름의 재단』은 다양한 소설적 장치 때문에 꼭꼭 가려져 더욱이 다가가기가 쉽지 않다.

하지만 한 가지, 네 편의 이야기가 실린 이번 작품집에서는 매력적인 작품 제목이 암시하는 시간의 흐름이 이 주제에 다가가는 열쇠로 작용한다.

여름의 재단
가을의 여우비
겨울의 침묵
봄의 결론

여름의 발단, 여우비처럼 스쳐 지나가는 가을의 연인들, 겨울의 소리 없는 기다림, 그리고 봄의 새로운 움틈. 1년이라는 시간의 흐름 속에, 스물아홉 살에서 서른 살로 넘어가는 주인공 치히로가 소녀 시절에 당한 성추행의 트라우마로부터 헤어나는 심리적 고투가 그려져 있기 때문이다.

발단은, 치히로의 마음을 짓밟은 악마적인 캐릭터와의 재회였다. 그리고 치히로는 제 살을 깎아내는 듯한 '재단'을 시작하게 된다. 재단이란 무언가를 '잘라내는' 행위이지만,

여기서는 그 대상이 흔히 떠올리는 것처럼 천이나 종이가 아니라, 책이다. 직업이 소설가인 치히로에게 책을 자르는 행위는 제 팔다리를 잘라내는 것만큼이나 가혹한 일이다. 동시에 그 싹둑 잘려 나가는 소리에, '잘못이라는 것을 알면서 거부하지 못하는 올가미 같은 인간관계'에서 비롯된 마음의 어둠을 직시하는 행위이기도 했을 것이다.

여느 여름과는 다른 2020년 여름에
김난주

여름의 재단

초판 1쇄 2020년 6월 10일

지은이 | 시마모토 리오
옮긴이 | 김난주
펴낸이 | 송영석

주간 | 이혜진
기획편집 | 박신애 · 김단비 · 심슬기 · 김다정
외서기획편집 | 정혜경
디자인 | 박윤정
마케팅 | 이종우 · 김유종 · 한승민
관리 | 송우석 · 황규성 · 전지연 · 채경민

펴낸곳 | (株)해냄출판사
등록번호 | 제10-229호
등록일자 | 1988년 5월 11일(설립일자 | 1983년 6월 24일)

04042 서울시 마포구 잔다리로 30 해냄빌딩 5·6층
대표전화 | 326-1600 **팩스** | 326-1624
홈페이지 | www.hainaim.com

ISBN 978-89-6574-959-2

파본은 본사나 구입하신 서점에서 교환하여 드립니다.

이 도서의 국립중앙도서관 출판예정도서목록(CIP)은 서지정보유통지원시스템 홈페이지
(http://seoji.nl.go.kr)와 국가자료공동목록시스템(http://www.nl.go.kr/kolisnet)에서 이용
하실 수 있습니다.(CIP제어번호: CIP2019027876)